U0054708

金秋

凌珊——著

To Dylan,

Being a mother to you has been the highlight of my life.

給德倫：跑得飛快的小孩，媽媽最愛的小孩。

The center of gravity should be in two people:
he and she.

——CHEKHOV

引力的中心只應該有兩個人，他跟她。

——契科夫

1

又是秋天，金秋八月是書裡的句子。北卡的秋天對汪彤則意味著又要開始看書考試，上課寫論文了。博士論文可不好玩，答辯就得弄得你五迷三道。不過現在就想答辯未免太早。她才剛來，想那麼遠幹嘛，還是先把眼前的事情做好吧。最要緊的就是搬家。這兩天她還是在別人家裡臨時落腳。來之前，她在電話上跟大學裡的聯誼會聯繫了一下，這別人家就是學生會給她聯繫的。也算是中國人，會講國語的菲律賓華人。兩室一廳加獨立廁所公寓。菲律賓母女倆住大間，汪彤住小間，房租卻對半分。汪彤想起在南卡大家做roommate，這種情景都是三七開的，至少要少收她一點。

「我媽媽打工很辛苦的。」那女兒說，「而且她白天基本不在家。」倒好像汪彤拿獎學金是不算做工的，在家也是有罪的；老太太還算貼心，個子很小，樣子更像日本人，懂得在廚房給她放上一杯冰凍西瓜汁。

「新打出來的，你喝吧，解暑。」老太太說，臉上嘴角都是抽。

汪彤就更覺得她像《望鄉》裡的阿七婆。阿七婆可憐，餐館裡打工早出晚歸整天見不到人影。這女兒可就樂了，讀本科，一個啥紡織專業，繪圖畫畫不上課。不上課的時間好像很多，整天待在家裡。待在家裡的時間呢，不是這個上門就是那個上門，上門的當然都是男生、同學、鄰居、會友。然後躲在房間裡嘻嘻嘻嘻。呀呀，少了一個阿七婆，多了無數個壯丁甲乙丙丁男。汪彤想想，惹不起，躲得起吧。

所以呢，這天晚上汪彤跟著大家去教堂，就把找房子的事兒跟雪雁提了一下。雪雁大名林雪雁，跟林青霞一樣的臺灣人，也跟林青霞一樣美麗動人，在理工大學讀電腦碩士呢。她來給汪彤送行軍床，同行的還有她的室友，伊朗人摩尼。他們本來也招室友，汪彤去看了，地方離她的學校有點遠，也就沒去。但是摩尼聽說她需要床，就把多餘的行軍床給拿了過來。這裡的人似乎都很熱情，汪彤心想。教堂回來的晚上，電話就響個不停，接二連三都是給她找房間的，嚴博士還要請她吃飯。嚴博士在理工大學教書，是雪雁他們的老師。「那你就去看看唄。」雪雁說，「他剛買了房子好像。好幾個空房間，你肯定會滿意。」

嚴博士電話上說：「來看看吧。」

汪彤說：「那就過天來看。」

第二天嚴博士站在門口來接她。待她上了車，嚴博士說：「今天做實驗晚了點兒，快中午了，先去吃個飯吧。」然後就七拐八拐地把車開到了附近的一個購物中心。K&W

Cafeteria，汪彤看看牆上的紅字，這家連鎖店，南卡也有，物美價廉吧，兩素一葷，只要五美金多點。進到裡面，果然熱鬧，跟想像的一樣。每人端了託盤，魚貫排隊，櫥窗裡面，熱氣騰騰一個一個的菜像整裝待發的炮彈臥在格子裡。人呢就是士兵，饑腸轆轆全副武裝的士兵啊，衝向這些糖衣炮彈。炮彈在肚子裡發酵爆炸，然後看個人的修煉道行決定是否在你的肚皮上增脂贈肥。汪彤盯著雞肉派，也就這份菜還有點中國味，裡面的雞肉丁、胡蘿蔔丁、毛豆、玉米粒，五顏六色混合一處，從烤箱裡新出爐，上面一層焦黃，聞著就很香。

嚴博士一定要付帳，汪彤拗不過，嚴博士就說：「下次你回請好了。」

吃過飯接下來當然是看房子。嚴博士的房子磚房兩層樓，汪彤跟著他上樓，地毯很新，新車裡的味道，洶湧著往鼻孔裡鑽。剛才坐在嚴博士的車裡的記憶味道又回來了。

「新房子，今年新建的，」嚴博士說：「不到二十萬。」樓上樓下兩個客廳。他們在二樓客廳裡坐下來，牆上女人孩子照片像馬蒂斯筆下的《瑪丹娜與孩子》。「她們剛回去，」嚴博士說：「兩個月後才回來呢。」果然是五子登科，汪彤心裡跳過這個詞，想起留學生裡的順口溜，妻子、兒子、房子、車子，還有票子。

嚴博士臉上的眼鏡很大，顯得頭很小，個子也很小。「我現在想要的基本上都有了。」嚴博士手朝著空間揮舞了一下，像偉人揮手。手指處是牆上的照片，兩個小女孩坐在媽媽懷裡微笑。「嗯，不知道女孩兒算不算兒子。」汪彤心裡嘀咕。

「看電視吧！」嚴博士拿起了遙控器，我家有中文台的，你以後也可以看。汪彤心裡納悶，看房子看什麼電視啊。嚴博士似乎也終於想起了正事，遙控器隨即轉向，指著樓道口的一個房間說：「你可以住這裡，也可以選別的房間，很靜的，肯定不會打擾你學習。」汪彤心裡一笑，家裡有小孩還找室友。到時候小孩一哭一鬧就夠受的了。電視細細簌簌開始了，突然兩個人影跳出來，白花花赤膊上陣。嚴博士一聲不吭，專心把弄手裡的遙控器。畫面上就跳跳停停。汪彤心裡一震，洪水當前，遙控器像閘門，倒真怕他停下。她挪動一下坐姿說：「現在才發現office的鑰匙還在這兒，學生要去上機，就這一把。我得去開門。」嚴博士像是剛從夢中醒過來，連聲說：「好，好，那我送你回去。」

汪彤回到家心裡還七上八下，看房子看出女人大腿，好在她跑得快，不然下面可能就不止大腿胳膊了。正想著，電話鈴響。汪彤聽了一大通才明白又是一個介紹房子的。看她沒反應，對方終於說：「咱們在教會見過。」汪彤搜索記憶，這教會簡直是等級成方，她一個人對那麼多人哪裡記得起誰是誰。教會主持人一定要介紹新來的同學，結果輪到她。

「新來的，來多久了？」主持人笑瞇瞇問。

「三天。」她答。

「三天！」底下一片驚呼。彷彿才剛看到稀奇天像，比剛才祝賀那對新婚夫婦還熱情一百倍。汪彤心想，稀奇啥，俺拿了碩士，又不是剛來美國三天。

電話上，來人卻笑道：「我也是雪雁的朋友。」汪彤終於記起來了。雪雁當時特別領著他過來，說：「這是少凡，柯博士，我們科大教授。」一個晚上教授博士見到聽到沒有一大把也有一小把了，汪彤只是給眼前這人的面相吸引了，他怎麼那麼笑啊，眼睛都笑沒了。再有啊，這科大的教授怎麼都那麼瘦小呢。剛才的嚴博士是「精豆」，這位是「豆精」啊。

「豆精」卻在電話上接著笑，說：「聽說你找房子，我也在找。怎麼樣，要不要咱們合租吧。」汪彤還在給下午嚴博士的錄影弄得心驚肉跳，分租還不夠怎麼又跑出一個合租的，連忙說：「我要找離學校近的，科大太遠了。」

2

汪彤坐在辦公室裡，眼前的蘋果機螢幕像電視機，她把剛才導師斯科特遞給她的資料盤插入電腦，準備工作。心裡一陣興奮，斯科特給她找到了一個房間，就在校園內，辦公室走過去不過幾百米。中間正好經過一個小賣店，這叫Yummy的小店裡面賣的酸瓜熱狗真是「牙蜜」，等下回家一定要再去買一個。斯科特人真好，汪彤想著他遞給自己鑰匙的時候說：「這辦公室除了我，就你有鑰匙了。我的丟了，你的不能丟，要不然誰也進不來。」

輸完斯科特的資料，汪彤又開始搗鼓自己的資料。統計課上的作業簡直是重複，跟從前碩士修過的大同小異，她要把以前學過的那些分析統計項目調過來，就能事半功倍。從前都是在大型主機上做的，現在轉到個人電腦上來，轉來轉去總是格式不對。斯科特就說，那你去商學院看看，那裡有主機。商學院都有錢，汪彤心想，以前讀碩士的商學院，也是全美前幾名，裡面全是帥哥美男子，有錢人家的公子哥才來拿ＭＢＡ，炙手可熱。不像他們學統計的，弄來弄去最多是ＳＡＳ，ＳＰＳＳＸ就了不得了。

這裡的商學院好像很冷清，諾大個電腦室就那麼三兩個人。她已經是連續三天光顧此地了，可是這個舊檔就是不解風情，怎麼也傳不過來。比諸葛亮還難請。她瞅一眼裡間值班的學生助理。以前她也做過這樣的助教，學生來了，有義務幫助解答疑難。劉、關、張還是要相互提攜才能請得動諸葛亮啊。

她瞅一眼門上的名牌，人家不姓劉，跟關、張也不搭邊。是愛德華・查理斯。愛德華把她領到裡間辦公室，裡面壹溜三四臺電腦齊刷刷衛士般站開來。汪彤心裡核計這些衛士跟外間的大部隊有什麼區別，不在外間電腦做而是要把她領進裡間的辦公室。愛德華像是看懂了她的心思說：「這裡的機器好，比外面的也快。」汪彤看不出有什麼不同，只好全權授予，程式信箱密碼一股腦全倒給愛德華，然後看他忙碌。

美國人輪廓就是好，高高大大，眼眉像畫的，一根是一根，還有那鼻子，跟希臘雕像上挪下來的一樣。他們怎麼可以長得這麼像假的呢。汪彤沒事，瞅著愛德華的側影遐想。其實英國的查理斯王子長得算醜的了，王子最不像王子。還沒有眼前的查理斯像王子。

「你家是英國來的嗎？」汪彤沒頭沒腦地來一句。

「哦，」愛德華抬起頭看她一眼說：「我們都是移民，我家有愛爾蘭，德國，還有『Native Indian』血統。」

「北美印地安人？」汪彤說：「看不出來。」

「我會燒烤、打獵，這些都是印第安人氣質。」愛德華說。

汪彤笑說：「我還會爬山、釣魚呢！我們都是山頂洞人的後裔。」

他哈哈笑起來，汪彤也笑了。愛德華這印第安人沒白當，程式進展很快。傳過來有一大半了，他說：「今天我也快到點了；明天再來一次，就可以傳完了。」汪彤答應好。

汪彤一到家，就聽到雪雁的電話留言說：「週末少凡家要請客，你要不要來？」

人跟人真是緣分，就說雪雁吧，倆個人不過見過幾面就熟悉得跟認識很久的朋友一樣。還是那次跟摩尼一起來送床，一進門，雪雁就故意伸長了兩臂，擋住門口說：「小姐閨房，閒人免進。」摩尼也就愣愣地站在門口不敢進來。

雪雁「噗噗」笑著坐倒在汪彤的床上說：「以後要離家出走也有地方了。」輪到汪彤發愣。摩尼就說：「雪雁的男朋友在芝加哥，要吵架當然是跟他吵。不過別聽她說吵架，她臉紅都沒有過。」摩尼的表情好像有點說不清楚。後來汪彤提起，雪雁就說：「摩尼喜歡我？應該有點吧。他也會喜歡你。他這個人就是這樣，熱心。幫你吧，幫幫就把自己也幫進去了。」「摩尼看起來年齡也不小了。」汪彤說。「是呀，他是老學生……什麼是老學生？」雪雁自問自答，「老學生就是老學習，總也畢不了業，或者不想畢業。」

「少凡家請客什麼原因？」汪彤聽完了留言錄音，打過去電話問雪雁。

「請你吃飯，行了吧。」雪雁說，直截了當。

「我覺得他不錯，復旦的博士，如今在我們系裡教書。關鍵是人不錯。我認識他也有一年多了，你沒來之前想介紹給我妹妹的。」

「可他長得……」汪彤想說卻欲言又止。

「男的長得那麼好看幹什麼？又不是擺設，放家裡給人看。」

「不是啦，」汪彤說：「到時候小孩也那麼醜怎麼辦？」

「小孩兒你管得了那麼多？」雪雁說：「就是父母長得好也不見得遺傳得好。哎，你們大陸女孩子就是奇怪。」

「俺們奇怪？」汪彤加點兒氣道：「都是你們瓊瑤給害的，還說俺們奇怪。白馬王子啊，不都是瓊瑤故事裡的？」

「哎呀呀！」雪雁也氣了：「書你也都相信，我中文系的還不知道嗎？在臺灣我也在大學教過中文的。那些古書聖賢們都算上，你要都相信就別活了！前邊告訴你不要為男人一開始的追求付出自己的心，下一句就是遇到自己喜歡的男人一定要勇敢出擊。人生苦是看不透，捨不得，放不下。下邊就說再難也要堅持，再差也要自信。聽他們的不給搞糊塗才怪。不過呢，我媽媽早就跟我說了，找丈夫就是找對你好的，心腸要好，要對你好。其他什麼什麼都是廢話。」

請客這天，汪彤還在家裡呢。雪雁一個電話過來說：「我先到少凡家了。你準備一下吧，他去接你了。我讓他去接你，就是讓他路上跟你單獨說說話。你們這兩個，都是書呆子，我就不說了。」

雪雁都能想得出汪彤聽電話的心思，一股氣全說完，就把電話撂了。最後加上一句：「我在這裡給你們做飯。」

少凡的車停在公寓門口，汪彤走近一看就是一愣。車很大，Pontiac Bonneville。中國人很少買美國車，更別說這麼大的美國皮蒂亞克。坐上去像坐沙發，看他開車像開坦克。「這樣安全啊。」少凡說，搬動手檔位，竟然在方向盤後面。「我把地址寫給你吧！」他說。

他的字跡也很大。人小字大車也大，汪彤心裡想：「潛意識嗎？」以前考研她給教授寫信，跟同班的另一個女生一起寫。等到見面，教授跟她說：「有意思，你的字小，個子高。她字大，個子卻沒你高。」個子高矮她還真沒有計較過，倒是別人老說她個子高像北方人，可是清秀面貌又像南方人，拿不准她到底是哪裡人。

兩個人開著車，不緊不慢，很奇怪，話好像不多，倒也沒覺得有什麼不自然。「我有錢。」少凡突然轉向她說：「不要以為我沒錢，我會讓你生活得很好。」汪彤一愣，轉瞬又明白過來。可又不知道怎麼回答，哪有這樣明白表達單刀直入的，也太俗氣了吧。把人家都看成就是為錢的。

她有點兒生氣，要是不在車裡，她可能一個高就跳起來了。可是又給他語氣裡的穩重誠懇壓住了。他到不像是善於說這話的人，說完了，好像也有點內疚，尷尬，自卑。她也就笑了。

等兩人一路披荊斬棘鬥士一般奔到目的地，雪雁早已把飯菜做好了。熱氣騰騰，香飄四溢。

「臺灣牛肉麵，可以開飯了。」雪雁說。

「絕對正宗啊，告訴你，正宗就是看裡面有沒有番茄。正宗牛肉麵裡面都有，當然了牛肉就沒這麼大塊，也沒這麼多。什麼時候去臺北就知道了。裡面就這麼一塊，呵呵。」雪雁兩手比劃著一邊笑，臉上的酒窩也跟著笑。

「誰娶了你可有福氣了。」少凡說。「做飯比開飛車還快。我們出去一趟，你就做好了。」

「這有什麼？」雪雁說。「煮麵條誰不會煮，義大利通心麵往裡一放，然後燒牛肉，切番茄，兩個爐灶一起左右開弓很快的。」

汪彤順著雪雁的左右開弓，環視少凡住的地方。一房一廳的公寓，廚房裡一個玻璃大圓桌占掉三分之一。一個大電視再占掉三分之一，剩下的就是圍著桌子的四把大椅子。三個人坐下來，拉椅子，好沉。

「你家的椅子都是四大金剛啊！」汪彤拽了一下沒拽動。少凡連忙幫她拉出來。雪雁就說：「你家的東西都很重，又重又大，剛才的鍋子也是，手都要給端掉了。」

「這就叫厚重，」少凡說。「人不講要穩重嗎，東西呢，就是厚重、抗使。別看這桌子椅子沉，都是好東西。就是菜有點單調了。」

「來來來，今天算是小聚吧。」

「還菜呢。就一個菜，」雪雁吃吃笑。

「那個『福摩莎』餐館，雪雁去過的吧，臺灣人開的。不知道好不好？」少凡問。

「那老闆我認識的，」雪雁說。「她家的菜不錯，蔥爆大蝦最好吃。」

「行啊，週末請你們去吃怎麼樣？」少凡又問。

「那要看她同不同意。」雪雁用筷子朝著汪彤方向搖了搖。

汪彤心想這才剛吃呢，怎麼就想著下頓了。「那你喜歡吃早茶吧？」少凡見汪彤不吭聲就又說：「廣州來的肯定喜歡吃早茶。洛麗那邊有幾家不錯，咱們也可以去吃。」汪彤笑，「這麼一會兒已經兩家餐館排隊了。怪不得人家說中國人在一起就是吃吃喝喝。」

「不吃幹什麼？食色性也。」少凡說，「《飲食男女》電影裡都是這樣的。李安已經給咱們指明方向了。」

「今天有幸吃到正宗臺灣牛肉麵。」飯後少凡拍著肚皮道：「真好吃。」汪彤也點頭：「是好吃，可以開餐館了。」雪雁說：「今天我們都是借光的。沒看吃麵嗎？有人過生日。」然後朝著少凡瞄了幾眼。

汪彤一愣，「今天真的是你的生日？」少凡說：「是啊，而立了，看我立不立得起來。」少凡說著身體順勢往椅子裡倒。汪彤笑：「明天還是我的生日呢。」少凡一下坐直了身體，「真的？還是說笑？」汪彤點頭，「當然真的了。」

「看，這就叫有緣。」雪雁立馬來了精神，「你倆的生日就隔一天。我爸跟我媽生日就是隔一天，不過我爸比我媽大八歲。你倆好，差一年零一天。」

「那誰的生日記不住也忘不了你的了。」少凡說：「下星期這餐飯請定了，去『福摩莎』吧，慶生，我也再過一次，多多益善。」汪彤笑著沒說什麼。

雪雁站起身說：「我要給秦唐打個電話。」少凡道：「早請示晚彙報。」雪雁道：「隨便你說好了，借你的電話行吧！」少凡從牆上把電話摘下來遞給她，說：「沒問題，我家的電話線也比別人家的粗，燒不斷，你聊吧。」

「呵呵，」雪雁笑，「那就勞煩少爺幫我記下來，秋後算帳。」「找秦唐算帳嗎？」少凡拿著筆，往記事簿上寫，嘴裡嘟囔著：「看來姓林的就是要嫁姓秦的，秦漢，秦唐，他倆有什麼關係嗎？」

「都是古代的呀，」雪雁說。

「一個唐朝，一個漢朝。哎呀，拜託！」雪雁突然叫起來：「不要把別人的名字寫錯好不好？大雁的雁了，不是豔麗的豔，俗死了。」

「寫錯了？」少凡搖著筆說：「筆桿太重了，不聽使喚。」

「找藉口呢！」雪雁說，「《紅樓夢》總看過吧，那裡面的雪雁就是這兩字，這回記住了吧。」汪彤在一旁笑說：「雪雁你整天跟俺們一起混，都俗死了，你應該說好俗喔。」汪彤說著扭動身子做發嗲狀。雪雁笑：「我都給你們同化了，『反攻大陸』在我這裡是沒希望了。你不覺得大陸用語很帶勁嗎？還時髦。」

3

汪彤第二次見愛德華是一個陽光燦爛的上午。兩個人坐下來接著繼續傳上次剩下的檔案。天氣很好，葉子都變紅了，紅了楓紅了楓，汪彤心裡回蕩著那首歌，心不在焉地看著愛德華工作。他今天好像有點不一樣，看她的眼神有點跳躍，鳥兒一樣在枝頭顫動，身上也像金銀花樹，香味一股一股飄散。

美國人真怪，男生還抹香水。文化禮儀這些東西真不是一層不變的。安娜（斯考特的秘書）自我介紹一上來就說我今年三十二歲，「I am proud of my age」（我對自己的年齡很驕傲）。不是說女士對年齡最忌諱的嗎，閒人免問，閒人根本沒問，她自己主動要跟你說。還有呢，跟美國人近距離接觸好像特別能體會非我族類真的跟咱們不一樣。看看愛德華手臂，金光燦爛，縷縷可以梳小辮了。連帶著跟美國人在一起的人也個個像泰山，攀岩走壁慣了，動作幅度都是小泰山的模樣。那個Dynasty越南店裡的幾個越南女人都有點這樣的趨勢，走路，連帶說話的聲調都有點小泰山的架勢。這雜貨店卻叫「朝代」。乾坤浩蕩的朝代開到了深山裡。

「你去過Dynasty嗎？」汪彤看著愛德華突然冒出這麼一句。「商場那條街上的嗎？」愛德華抬頭道：「聽說過，沒去過。」

「這裡越南人好像很多。」汪彤說。「從前有個越南電視劇叫《朝代》，很受歡迎。」愛德華道：「就像日本人的櫻花，所以大家都爭著給自己起名字叫『朝代』。」

「你這名字有什麼意義嗎？我知道中國漢字都是有講究的。」愛德華問，臉上閃過一絲羞澀。

「那你知道的不少。」汪彤答。

「我以前的女朋友是韓國人，我知道有很多韓國字和漢字是一樣的。」愛德華臉上的一絲得意和羞怯更濃。這真是個大千世界啊，汪彤心裡想，自己就是鄉巴佬一名，什麼越南人，韓國人都沒見過，別說約會了。

「彤是什麼意思呢？」愛德華抬頭問道，「王我知道，是很大的姓，有電腦王。」

「不是那個王，」汪彤擺手。

「但也不算全錯，灑點兒水就行了。」汪彤作勢噴水。

「所以這名字就是有水的紅彤彤世界。就像現在外面那樣？」愛德華說。

「葉子全紅了，雨水嘩嘩，就是水淋淋紅彤彤的世界了。」汪彤笑，指了指書包說：「所以我帶了相機，等下就要去拍幾張這水淋淋紅彤彤的世界。」

「我知道哪裡葉子好看，」愛德華來了精神：「科利樓旁邊那片樹林最漂亮了，我可以帶你去看。」

汪彤愣著遲疑起來，她原本是想獨自憑欄，自己暢遊校園的，可是剛剛才讓人把那些檔案傳過來，現在轉身就說不，也太不具有國際友好精神了。再說人家已經在這個校園呆了三年了，不知道要比她這個新來乍到的懂得多多少。有個嚮導陪著還不願意嗎。所有的文件檔都傳完了，兩個人背著書包走出大樓。紅男綠女，一樹樹的葉子都變紅了。校園裡的樹呢就是一圈圈的紅男綠女們圍在一起。汪彤左一張右一張拍樹拍景，愛德華就拍她。

兩人走著就到了汪彤住的地方。「這公寓好，」愛德華說。「裡面住的都是精英，以前我有個朋友就住這裡。」

汪彤說：「那就給精英樓也來一張吧。」精英樓的窗戶整齊單一地裝著百葉窗，樓不大，三層梯形，蓑衣草似的外皮，白色的百葉窗一格格正好點綴。目光轉移到汪彤這間卻什麼都沒有，黑洞洞的像只大眼睛愣愣地瞪著。

「我買了窗簾的，」汪彤說。「還沒裝，窗戶太高。」

「那我上去幫你裝。」愛德華說。

一句話又招來一幕話劇，汪彤一愣。可是沒窗簾確實不方便，晚上換衣服都得關燈像地下工作者一樣趁著月黑夜完成。愛德華要幫她裝，那就讓他裝吧。兩個人上了樓來，汪彤的室友安妮也在。一陣招呼後，汪彤帶著愛德華走進臥室。

臥室裡很溫馨，陽光像瀑布明亮而柔和地從窗戶照進來。愛德華踩著書桌，瘦高的個子一下子就觸到窗戶頂，他麻利地把窗簾串上，金屬橫桿發著亮光，在他的剪影裡穿梭閃爍。裝備完畢，他又像體操運動員一樣「碰」地一聲蹦到地上。如果影子可以帶特徵，他跳下來的瞬間是有彈力而磁性的，像鋼皮輪，跳躍而有彈性的硬度。

「喝杯水吧！」汪彤說，帶著愛德華到了客廳。拿起熱水壺，接水，放電爐上。

「為什麼要加熱？」愛德華驚奇。「涼水不能喝。」汪彤說：「我從來都是加熱。」愛德華問：「泡茶，還是咖啡？」「不泡茶也不燒咖啡就是喝，這叫白開水。北京有名的，你上王府井茶館，長嘴壺先就給你來碗熱氣騰騰的白開水。要不涼白開水也行，一般家裡夏天都會備一大水杯涼白開水，放學了打開倒上一杯就可以喝。」

愛德華說：「這涼白開水怎麼聽起來比可口可樂還好喝？」

「那是。」汪彤答。「我從來不喝可樂，你看我牙多白。美國人牙齒像洛磯山都是喝可樂喝的。還有那個……」汪彤指著牆角一大瓶一大瓶的Dr. Pepper，「安妮的寶貝們；安妮整天一下課就『撲哧』擰開一瓶，然後端著『噔噔噔』上樓。真是『澎泉』，看她從來不做飯，好像整天不吃不喝，全靠這些生命泉啊。」愛德華愣愣地聽，也不知道聽懂多少，心裡嘀咕著洛磯山脈一般的牙齒是說色澤呢，還是品質？

轉眼就到了中秋節，雪雁提議道：「咱們聚餐吃個飯，然後去看月亮好不好？」汪彤說好。少凡說：「太好了。」就是中秋節美國人不放假，他的實驗不管月圓月缺都得做。

「那先吃飯，然後去做實驗。」汪彤說。

到了中秋這一天，大家先去餐館吃飯，還是上次去過的「福摩莎」，老闆娘都認識他們了。照舊是椒鹽大蝦、鮮菇青江菜、芥藍牛肉、羊肉煲，還有一個青椒馬鈴薯絲，還有一些雜七雜八的小吃。座上還多了幾個人。除了汪彤、少凡、雪雁，還有摩尼、尼娜，吳博士、劉老太。後兩位是少凡大學同事，劉老太老公不在此地，吳博士就是上次教會結婚的那個，新婚太太也在另一個城市工作。摩尼和尼娜都是雪雁的室友。一大幫人除了單身，就是跑單幫的阿慶嫂，李奶奶和李玉和。大家張口閉口劉老太，有一次到底給劉老太聽到了，她很生氣。

少凡說：「人家也就四十幾歲啊！」少凡學她的口氣道。

雪雁道：「那她現在不是挺幸福的嗎？教兩門課剩下的都是做實驗。如果幸福，管他叫什麼呢？如果有人現在給我一份教書的工作，叫我林老太，林姥姥都行。」

「你是二十六。」少凡說：「等你六十二看你還會這麼鴨子嘴硬。」少凡又道：「劉老太當初也是沒少吃苦的，下過鄉，讀完博士一把年紀了，找老公像丟手絹，找也找不到。所以啊女生用不著讀那麼高的學位，讀完都老了。最後也得跟劉老太一樣，路邊有顆螺絲釘，車拋錨，等老美來搭救。」

「我每天吃十個蝦，」雪雁學劉老太的樣子，舉起手指。「不多不少十個，蛋白質營養都保證了。」雪雁說：「她整天見到我們就報怨老公太愛乾淨，衣服跟變色龍一樣一天換一百次。上班回來換衣服，出去走一圈，回來衣服也要換下來一套。換完了就洗，就那麼兩件衣服也咣當咣當用洗衣機。衣服沒穿破先洗破了。」

餐館裡一出來，少凡就直奔實驗室去了。劉老太則打道回府，剩下的人細細簌簌開車去公園。公園野餐桌上，雪雁細心地拿出早買好的月餅，摩尼抽刀斷餅二一添作五一半再分成二分之一。「真小氣，這麼小塊。」尼娜說，舉著那小塊的月餅像繡花似地盯著。「吃得是氣氛，就像功夫茶，你以為大碗茶啊。」雪雁說。

幾個人在月下嘻嘻哈哈把這袖珍月餅送進了肚，才有閒心瞧月亮。月亮也小氣，剛亮了一會兒就躲到雲層後面去了，公園裡黑漆漆的。月下賞月其實要有燈的。從前的人家在院子裡賞月也要擺上八仙桌，瓜果月餅，然後團坐一圈，吃吃講講看看。他們這樣，荒郊野地一樣，黑魆魆的一片，牆當房，夜色冷清，人也冷清。別說是吃月餅，說是吃人參也相信，反正看不見。站了一會，大家都張羅要回去了。過節要人氣，美國人都躲在屋子裡呢，要他們張燈結綵，又不是耶誕節。月亮上有人和小兔子當童話故事給小孩兒講講還差不多，跑外面望月亮發感慨他們又不是詩人。雪雁跟摩尼、尼娜一道。剛才汪彤跟著少凡的車來，回去就得有人送。吳博士說，那我送你回去，正好離我住的不遠。汪彤於是坐上了吳博士的車一道回去。

4

少凡因為沒吃到月餅，第二天很早就來找汪彤。

「昨天的月餅好吃嗎？」他一進門就問。

「每人一小塊，豬八戒吃人參果，忘了滋味了。」汪彤說。

「還是蝦好吃。」汪彤說著嘻嘻地看了他一眼。

昨晚餐桌上，少凡一直在剝蝦皮。中國餐館的蝦都帶皮，汪彤不願意下手，弄得油乎乎吃相也不好看。少凡就說：「那我給你剝。」「比我還會照顧人。」雪雁笑道。「那也給你剝，」少凡說：「給你們倆一起剝，我是剝蝦機器，一對倆沒問題。我下一個專利就準備發明剝蝦器。」雪雁笑，汪彤也笑，「那你不用吃飯了。」

少凡聽著汪彤的豬八戒吃人參果也跟著笑了，然後從口袋裡摸出個小盒子說：「看我給你帶了什麼？」汪彤搖頭，少凡把盒子打開，從裡面拿出一個圓形的綠色碟子樣東西，按上面的一個藍色圓圈。「叮，叮」竟然發出響聲，是鬧鐘。

「你的那個小鬧鐘不是壞了嗎，這個好，Radio Shack（無線電務公司）裡面的最新產品。」他說，「可以自動報時。」少凡讓汪彤也點擊那個藍圓圈試試，果然就有一個小女生諾諾的聲音報出時間。

「謝謝你啊！」汪彤說。心裡一絲溫暖。她都不記得跟他說過，他竟然就注意到了。

「那我送你什麼呢？」汪彤笑著把書桌上的《老人與海》遞給他說：「這個可以送你，反正我看完了。」少凡說：「我不要別的，就要這個。」說著輕輕地摟住了她。「鬧鐘換活人，你不是猶太老闆，就是人販子吧。」汪彤笑。

兩個人擁著靠在床頭。「嫁給我好不好？」少凡說。大阪城的姑娘你要嫁給我，上次談財產，這次就求婚。

汪彤笑道：「我認識你那麼久了嗎？」

「用不著認識那麼久，」少凡說。「先結婚後戀愛，慢慢認識。他們不都是這樣？還有見一面就結婚的呢！」汪彤想起昨晚的事情。

「你記得上次教堂結婚的那對吧？」「吳博士。」少凡答。汪彤說：「對，他昨晚送我回來……。」「怎麼讓他送你？」汪彤話還沒說完，少凡就是一個詰問。汪彤看他臉色都變了，搭在肩上的手也突然硬了起來，本來還想跟他說下面的話只好咽了回去。

昨晚回來，她就難受，吳博士車上說：「其實他跟太太一點兒也不瞭解，為了結婚而結婚。」汪彤愣愣地聽著，月亮太圓了就是有怪事兒。這還是教會後第一次見吳博士，她又不是心理醫生，幹嘛跟她講這些。吳博士卻把這沉默當成默認，表忠心似地說：「我一點兒都不愛她，其實她在那邊也有人。」汪彤氣悶，看他頭都要伸過來了，真想伸腳給他來個掃蕩腿；連他後來怎麼走的都不知道。少凡說：「吳博士是有名的花心，老吳老吳，有什麼最後也是無，少跟他來往。」汪彤聽著，點了點頭。

少凡說：「天氣這麼好，不如去動物園看看吧。你不是總說這裡沒什麼好玩的嗎？這裡的動物園可是全美有名，開放式的，就是老虎大象都不關籠子裡，在外面溜達，跟非洲森林差不多。」汪彤說：「好啊，看不看動物無所謂，能在公園裡逛逛也不錯。」

二八五號高速公路上一望無際，汪彤輕輕嘆息一聲，美國真好，這高速公路都讓人心曠神怡，天高雲淡，真的可以融化在藍天裡了。少凡心情更好，美人當前，美景無限。汪彤身著粉色短袖衫外加藍色背帶裙，胸前佩戴著一條雞心白銀項鍊。彎腰低頭間，雞心項墜蝴蝶一樣蕩啊蕩，青春可人純淨靚麗得逼人。少凡若有所思，道：「這條路以前來過，還是跟從前的老美同事珍妮佛一起來的。那時候傻吧，竟然大老遠跑這裡來了一趟，看完了動物就往回開，珍妮佛建議去餐館吃頓飯，還把人拒絕了。」

汪彤笑，「她長得不好看？」「不是，挺好看，有點像東方人，小巧玲瓏的樣子，也很聰明，就是我不開竅。」少凡苦笑，「而且不敢。剛從中國來，看老美一個個都很不一樣。珍妮佛也可憐，暗示不了明示，連喜歡中國人的話都說了，碰上一個木頭嘎達沒反應。」汪彤說：「那中國人呢？」「中國人當然有了，在復旦讀書的時候，碰上小敏，誰見了誰說好。可是偏偏沒感覺。她也是個死心眼，鐵棒磨成針，不信你不受感動。復旦三年研究生，就是不找別人。欠她的最多了。」少凡嘆口氣，「不是說第一次最重要嗎，我就是第一次給耽擱了。」

又是花粉季節，少凡過敏鼻涕眼淚悉悉索索，這會兒早眼淚汪汪一大把像是在哭了。「不行，我得停一會，」他說。「看不見路了。」他把車停靠到路旁，摘下眼鏡，邊擦眼睛邊嘆道：「哎，美國哪都好就是花粉太厲害，簡直像生病。」汪彤說：「你可以吃藥啊。」「我還打針呢！」少凡答。「沒用。」擦乾了鼻涕眼淚，兩個人三藏取經一般接著上路。汪彤還要聽他講羅曼史，少凡卻嘴一撇說：「不講了，都是我在講，你也不說，都給我說了。」汪彤看他那撇嘴撒嬌的樣子好笑，心裡癢癢地也想講，可是一想到那晚因為吳博士他都變臉，就又給一溜煙嚇回去了。

動物園很大，上上下下的林蔭小道一條又一條，深林樹木一片又一片。兩個人一路走一路聊，感覺輕鬆適宜。少凡想拉她的手，是有是無，兩個人挨得很近，像磁鐵相吸又相斥的瞬間，有一種很享受的興奮感。午餐是Subway裡的「foot long」三明治一分為二。汪彤要什麼，少凡要什麼。汪彤說不要芥末醬，少凡也說不要。汪彤說不喜歡芥末醬是因為顏色看著噁心，少凡說那以後永遠不要。Subway裡面的服務生就看著他們笑，好奇他們嘀嘀咕咕一個三明治可以如此長久討論。汪彤卻想起小時候吃過的芥末，辛辣，薑黃色，涼拌菠菜一定要放，吃到口裡，辣氣從鼻子穿出來。夏天是一定要試一試這道菜的，熱對熱，可以逼退暑氣。

兩人玩了一天。開車返回到少凡的住處時已經是傍晚。都累了，少凡說：「下麵條吧！」汪彤在旁邊看他「當當當」地切白菜絲，切肉絲，打荷包蛋。跟北方人做麵條湯差不多。「四川有很多跟北方相同的啊，」少凡說，「你看四川話裡的翹舌音就是北方音。」少凡一邊做飯一邊跟她嘮家常，還順手切了一碗水果遞過來。南方人到底細緻，汪彤想，蘋果都給他切成一小塊一小塊，紅紅白白的一碗，像雷諾瓦筆下的水果畫。

「要看畫嗎？」吃過飯少凡捧出相冊，兩個人坐在沙發上一起看。「真瘦啊！那時候。」汪彤說，指著他一張大學時候的照片，「還挺好看的。」一身藍制服倒也沒有遮掩住臉上的青春氣息。

「現在就不好看了？」少凡說，拿起旁邊的茶杯，指著上面印的頭像道：「看，多帥的小夥兒。」他舉著杯子得意洋洋。汪彤就笑說：「仔細觀察，鼻子眼睛嘴巴分開來看，哪兒都很端正，就是放一起顯不出來了。」

「你長得好看就行。」少凡說著伸手摟住她，就勢往沙發上一倒，眉開眼笑道，「我有老婆了，我也有老婆了！」像個狂喜的鄉巴佬。

「老婆大人今天睡哪兒？」狂喜鄉巴佬道。汪彤想說你就一室一廳還能睡哪兒。少凡見她不吱聲，就扯著她轉到臥室。臥室裡面一張書桌，一個衣櫥，還有一張單人床。

「你睡床，我睡沙發。」少凡說。「沙發這麼窄怎麼睡人？」汪彤遲疑著。

「上次小敏來，我就是沙發上睡的。」少凡說。

汪彤笑著揶揄道：「兩個人相安無事一夜好覺到天明？」

「呵呵，我也想去拉她，她把我推開了，說，我現在是結婚的了。復旦三年你都沒反應，我還以為你有病呢！」

「她丈夫不錯。」少凡接著道：「小敏來我這兒他很理解，她跟丈夫講當然是我追她。」少凡停了一下，說：「我這裡像根據地，過兩天老家的一個同學毛毛跟她丈夫也要來，他們去喬治亞經過這裡，從國內直接來，看看美國能不能落腳。再過一陣還有一個親戚，是叫妹夫吧，妹妹的丈夫，也要來。這小子能折騰，英語一個字不識偏要來美國上學，還要我給他聯繫。」

「你幾個妹妹啊？」汪彤問。「兩個，這個是大妹的丈夫，也是你們北方人。見到你就會知道的，很會吹牛。我的那個大妹是真好啊，就搞不清怎麼給這小子騙去的，三寸不爛之舌吧。要什麼沒什麼，偏偏大妹還愛得要死。長的好倒是，什麼家務也不幹。告訴你，男人都是這樣的，從奴隸到將軍。我不會的。」他說著深情地看了她一眼，摟著她肩膀的手臂用力握了一下。

兩個人聊了一會兒天兒。少凡拉著她進了臥室。「別動，我來。」少凡說著幫她把衣服一件件脫下來搭在椅子上。臥室乾淨得令她稀奇，白色的牆壁更加深了四周的靜謐。

他們像在亙古曠野中對視的兩匹小鹿。兩個人漸漸進入程式，少凡突然停了下來。「不行，」他說。「好像不行。睡覺好不好？」少凡問。說著把她扶到床上。汪彤要他也上來一起睡，少凡說：「太窄了，兩個人誰也休息不好，還是你睡床，我睡地上。」

她躺在床上，他在床下旁邊，黑夜裡靜靜地拉了一下她的手。不一會兒，就聽到他打鼾的聲音了。汪彤想起剛才他講的故事，就是那個叫毛毛的同學，那一次大家一起搭火車回家，他在車上睡著了，鼾聲大作，等他起來毛毛就說，這回知道了，可不能嫁給你，打呼嚕震天響，誰還睡得著。他現在倒是沒有打呼嚕打得驚天動地。剛才的情形，讓她想起小說中描繪過的情景，可能是他過於激動，也許是他有點兒緊張。可是她卻給他撩撥起來了，睡意全無，身體的哪個部位像著火，她試著去撫慰，一下又一下，彷彿按鈕爆發，蒸騰，然後火焰終於被按捺下來。火焰化作一道柔軟的月光，從窗櫺上透過來在牆壁上投下一瞥清涼的影子。她像荷葉一般終於安然睡去了。

5

中秋晚賞完月，摩尼開車，帶著雪雁、尼娜三個人回到宿舍。雪雁上樓第一件事先給秦唐打電話。電話響了一遍又一遍，雪雁看一眼牆上的玫瑰旁邊的掛鐘，九點鐘不到，算了，先去洗澡。秦唐跟她的時間相差一小時，說不上還在實驗室。玫瑰是她生日那天秦唐送的。尼娜說：「臺灣男生還是很浪漫的，過生日懂得送花，還是一束玫瑰花。」雪雁嘴上說：「哎呀，都老夫老妻了送不送無所謂了。」心裡卻是美滋滋的。十八歲就跟他戀愛，一戀八年。

有一次汪彤問起說：「雪雁，你這『Long Distance』戀愛會不會擔心啊？」

「擔心什麼？七年之癢都過了。」雪雁說。

「還是你們大陸的女孩，北京人，整天盯著秦唐說，『你長得真像三浦友和。』秦唐就說：『我女朋友才像山口百惠呢！』那女孩子還是盯得緊，實驗室最後跟班；秦唐知道的。」雪雁說。

「玩歸玩，別把心給別人就行了。」雪雁說，「秦唐要是看到摩尼整天跟在我身邊保鏢一樣，肯定也會想東想西。」汪彤道：「摩尼好像就愛跟班，不是跟你，就是跟尼娜。可是尼娜看不上摩尼。」雪雁說：「嫌他沒錢，又找不到工作。尼娜也可憐，大陸的女孩都太強了。」雪雁接著道：「你看她整天工作了，還跟咱們混學生宿舍。」汪彤也覺得尼娜奇怪，中國人卻整天弄個洋名叫來叫去，還整天嘟嘟張臉，總像是在跟誰生氣。雪雁道：「她也好可憐，天天晚上睡不著覺，燈要開著才能睡覺，她屋子晚上都是長明燈一夜的，我們電費這麼高都是她的貢獻。我們兩個互相覺得彼此奇怪，」雪雁笑道：「尼娜也覺得我奇怪呀，天天洗澡就算了，還天天洗頭。不洗頭難受啊！」雪雁嘻嘻著：「習慣了。摩尼就說一個費水一個費電，你倆扯平了。」雪雁笑：「就摩尼這麼一個節省的。」

「摩尼也不是不找工作，」雪雁接著說，「你看他整天在忙，就是不知道忙些什麼。《紅樓夢》裡有句話，叫著小姐的身子丫鬟的命，把『小姐』兩字換成『公子』安摩尼身上正合適，還是落難的公子。」摩尼家以前是伊朗貴族，宮廷政變給流放了。你沒看他做飯很講究的，再怎麼樣，那些香料，米跟油的程式啊，一點不馬虎的。再看他家人的照片，真是漂亮，他爸爸媽媽，還有姐姐，就像電影裡的一樣。不像他，整天邋裡邋遢，老像沒睡醒，眼皮都睜不開。這一陣是天天鼓弄他的馬自達，又是換座，又是塗漆，他媽媽要來了，要帶著他媽媽到處兜風總不能太破了。

週末了，少凡打電話來約汪彤說：「要不要去湖邊看看？那裡有個公園，旁邊的強森湖遠近聞名，可以看風景，餵鴨子，划船。」汪彤正在做一個課題，做了一半，卡在那裡，出去散散心也行。湖挺大，一碧萬頃。幾隻棕色的加拿大大雁在旁邊溜溜達達旁如無人，尾部白色的羽毛讓它們看起來很乾淨又富態。少凡說：「照幾張照片吧。」一隻大雁正在昏昏欲睡，頭埋在翅膀下面做單腳獨立狀。汪彤看了實在好玩，就蹲在大雁旁邊留影。大雁對她視而不見，旁若無人照樣埋頭大睡。汪彤想起小時候看過的動畫片《南飛的大雁》，裡面有首歌：「南飛的大雁，請你快快飛，捎個信兒到遠方，獻給我想念的親人。」美國的大雁不像是能做信使的，做催眠鎮靜的也許可以。

少凡端著照相機，看她像老僧入定，不吭不響待在那裡，就說：「走，別盯著了，帶你去划船。」船像魚一排一排地等在岸邊。這船是小舢板，一人一塊板，只夠坐下，還要輕功，不敢大動作。坐到上面手扶大櫓還要做艄公。汪彤坐上去，船身搖搖晃晃，水天連一，立馬感覺暈暈乎乎，連喘氣都不敢大聲了，哪還敢輕舉妄動。少凡就說：「別害怕，掉進去我會救你的。」汪彤聽了心裡更驚，不會游泳的人最怕別人說掉進去，電影裡的鏡頭都是誰誰落水從此杳無蹤跡了。少凡見她嚇得臉色都變了，心裡不免失意，船也划得沒勁兒了，兩個人匆匆上岸。少凡忍不住說：「那麼怕水啊，真掉進去我還能不救你嗎？」汪彤笑笑，心想，豆精舉得起大豆嗎？還不兩個一起變豆泥。

兩個人各懷了心事回到家。汪彤的課題還是老樣子做不出來，想想乾脆去電腦房吧，省著待在家裡，東想西想啥也做不成空費心思。少凡因為是新買的照相機，原準備多照幾張照片寄回家。沒曾想划船無趣，匆匆趕回來了。既然湖邊不行，那就去周圍照幾張吧。少凡再打電話過來約汪彤。電話鈴鈴地響卻沒人接，又打了兩次還是沒人接。少凡心裡不免氣悶，手裡的電話撥著撥著就打到了雪雁那裡。雪雁一聽去湖邊拍照立刻答應道：「好啊，現在就去都可以。」

電腦房裡，正碰上愛德華值班。汪彤自從上次拍照掛窗簾還是第一次看到他。兩個人聊著天不免有些興奮。窗外的松鼠跳來跳去，汪彤的天馬行空勁兒又上來了。

「不知道松鼠肉好不好吃？」

「好吃啊！」愛德華答。

「你吃過？」

「當然了，我們宿舍幾個人弄過松鼠燒烤。」愛德華笑著說。

「什麼味？」

「像雞肉，也像牛肉，兩個都像。」愛德華答。

「哈哈！」汪彤笑，「四不像味。」愛德華也笑了。

天氣好得實在令人坐不住。愛德華說：「到我樓下扔飛碟吧！」汪彤想想也沒什麼不行，就答應了。電腦房在汪彤和愛德華的宿舍之間，兩個人散步聊天就到了愛德華宿舍。

宿舍外面的草地如茵，幾個人正在打橄欖球，愛德華朝一個奔跑的身影招呼道：「查克，怎麼沒去打乒乓球？」那叫查克的就嚷道：「乒乓球館關了，裝修。」

汪彤玩了一會兒飛碟，也提不起勁。愛德華就說：「要不看DVD，我有《最後的摩希根人》。你不是想知道印第安人的故事嗎？這裡面就有那一段歷史。」汪彤知道這電影有一陣很火，這才出了DVD。不過好像是鐵漢硬片，廣告上都是硬邦邦的男人帶著憤怒，又是打打鬧鬧的電影吧。愛德華見狀道：「我也有很多童話故事，《美人魚》、《白雪公主》了可以選擇。」汪彤一聽《白雪公主》，心裡一跳。

汪彤近視，又沒帶眼鏡，於是斜坐在地毯上盯著面前不到三尺距離的電視機上，《白雪公主》嘩啦啦地唱著。愛德華則坐在書桌前邊看邊擺弄電腦。「你看吧。」他說，「這裡面的歌很好聽的，等下七個小矮人出來還有意思，你肯定喜歡。」汪彤看著電視上彩色的小人兒蹦蹦跳跳，載歌載舞，心裡面歡喜，卻又有一絲惆悵梗在心間。梗梗的都是少凡的影子。《白雪公主》看完了，汪彤終於站起身道：「我要回去了。」愛德華說：「那我送你。」

從屋子裡走出來，外面不知道什麼時候已經暗成一片。天空是一種將黑未黑的墨藍，星星在天空中閃爍著特別耀眼。汪彤一陣舒暢，這星空多美啊，如果不是這時候出來還真看不到。她的心情大好，連帶著身邊的愛德華也是美好的使者了。「謝謝你了，這個下午。」汪彤說：「我很快樂。」愛德華的臉上也充滿了笑意，他走到車身另一邊，給她打開門，看她坐好，關上門，又轉身到另一側司機位置，開動引擎。一陣車發動的響聲過後，車駛出停車道。

汪彤一回到家就看到電話留言機上的小紅燈一閃一閃像迫擊炮。點擊炮健，少凡打過電話，雪雁也打過。雪雁的留言一貫地簡單明瞭：「不在家，我們去湖邊了，找不到你。」少凡的留言則是一大串「喂，喂」表明他在找她。汪彤正準備回電話，電話又打過來了。「吃飯了沒？」少凡的聲音問道。「沒有。」汪彤說。「那我過來接你好不好？」汪彤說：「好啊。」

少頃，少凡就到了。汪彤發現他臉色不對，紅紅的，像喝酒。果然話語一出，就像子彈。「你去哪裡了？找了你一下午。」「去電腦房了，」汪彤說。「然後呢？」汪彤本來想跟他說愛德華的事兒，可是給他這麼一問，倒像是拷問。她還沒嫁給他呢，上哪兒都得跟他彙報？索性不吱聲了。少凡說：「我都看到了。我一直坐在車裡，看著你們一起坐進車裡。」汪彤嚇了一跳，ＦＢＩ呀，還搞跟蹤。少凡想了想，緩口氣道：「下午本想去打乒乓，結果門關了，正好想起以前一個老美小子，那小子天天去乒乓台報到，以前跟他打過比賽，就想問問他怎麼回事兒。」「查克。」汪彤腦子裡閃過那個矮小的打橄欖球的影子。

少凡繼續道：「跟這小子聊天，不知道怎麼說起來要我給他介紹中國女孩兒，說就像他隔壁朋友的女朋友那樣就行。大眼睛長頭髮在讀博士。我一聽這不是妳嗎？放下電話就開車過來了。」

汪彤說：「這人也喝醉了，打個球就成女朋友了。」

少凡說：「這我相信。不過我問你，你為什麼不願意告訴我呢？」

汪彤不吱聲，心想：「你那是問嗎？誰願意回答拷問啊！」

少凡切切道：「看你跟他在一起比跟我在一起開心多了，臉上都是笑。」

汪彤看不到少凡的臉色，聲音裡聽得到沮喪，就說：「只不過想看《白雪公主》，他正好有，就去看了。」

「而且他人也長得比我好，」少凡接著道。「長的好嗎？」汪彤心裡說，「可是我看白雪公主的時候心裡想的卻是你啊。」

這樣也好，少凡終於若有所思道：「原先還不知道我有多喜歡你。這樣試驗一下也好。以後不要跟他在一起了好不好？」汪彤若有所思，還是點點了頭。

6

第二天，雪雁來電話說：「我在你隔壁的那個洗衣房，過來吧。」「好。」汪彤答應著連忙收拾妥一大包衣服，興沖沖端著洗衣籃開車去洗衣房。美國的洗衣房，一排排洗衣機，烘乾機閃亮列隊。衣服在烘乾機裡「嘎啦嘎啦」轉著猶如放電影的機器，又如入花園，有隱隱的香味飄來。人呢，可以看書，可以聊天，也可以上哪兒轉一圈，回來衣服正好洗完。

一進門，雪雁就叫道：「快來，剛剛放了一個nickel，我秤完了你就跳上來，要快啊！」說著，雪雁跳到磅秤上，然後快速換成汪彤。「好，一毛錢秤兩千金，合算。」雪雁笑。汪彤說：「你真是會過日子。」雪雁道：「我媽老早就教過我們了，過日子就是要會計算，養到你十八歲，剩下的就是靠自己獨立了。」

「昨天上哪兒去了？」雪雁轉了話題：「找你也找不到。」汪彤便跟雪雁講了愛德華的事。汪彤說：「其實這個老美還真就像哥們一樣，反正我對他是沒有這個意思。少凡說看我跟愛德華在一起比跟他在一起快樂。那當然了，沒有壓力啊，愛德華又不會看我不喜歡划船，就上綱上線到不相信他的保護能力。也不會今個兒不能跟誰在一起，明個兒不能怎麼怎麼。還沒怎麼，就給限制上了。」

雪雁說：「中國男的不一樣的。」然後停了一下，道：「我當初也跟個老美好過，後來我就發現不行。文化太不一樣了。」汪彤一愣。雪雁接著說：「他比我大四歲，學商科的，也是你們學校的，長得很帥。」汪彤問：「那後來怎麼沒結果了？」雪雁道：「有一次跟他一起乘車，公共汽車，不知道為什麼爭吵起來，他把書一下子扔到過道上。那一瞬間，我就明白，這個人不行，不能跟他。然後就走了。」「中國男人也有弊端的，」汪彤說，「你不覺得中國男人沒有老美大方嗎？而且是雙重標準，對人嚴格，對己寬容。就像少凡，我跟別人打個球都不行。那他跟你去湖邊拍照就行。」雪雁說：「我是因為根本不可能。我是誰也不嫁，只嫁秦唐的。」

「而且嫉妒心強，」汪彤接著自顧自說話：「根本不敢講別的人。他講就可以。」雪雁說：「是這樣啊，誰要聽你講別的人。」汪彤突然想起什麼，猶豫了片刻終於說到：「少凡他好像那個不行唉。」雪雁愣了一下，很快明白了，說：「是不是好久沒做的原因，還有，就是有可能他太愛你了，太愛了，也會這樣。」汪彤笑：「你怎麼弄的老神在在，什麼都知道似的。」「那當然了，告訴你吧，跟秦唐十八歲戀愛，十八歲嘗禁果，那時候也不懂啊，都沒進去，就那個了。最後去醫院啊，做手術。不過我跟定秦唐倒不是因為這個，而是我這個人選定了就不會改變，不會後悔。所以呢，跟誰都會很好的。」「那個老美呢，又算怎麼回事兒？」汪彤問。「我好奇，因為沒見過老美嗎，好奇到底怎麼回事兒啊。」雪雁笑道。

苛政猛於虎，別到時候你受不了又要叫呢。雪雁說：「今天早晨看報紙上說，那，就是你們大陸貴州什麼一個山區的呢，男的一天到晚要，女的受不了，要到如今要離婚呢。」汪彤也笑，真是饑的餓死，飽的撐死。

週末了，少凡來找汪彤去吃飯。新開張的自助餐，少凡說：「聽說海鮮吧不錯，你不是愛吃魚嗎？還有螃蟹。」

兩個人來到餐館坐定，慢慢吃起來。空氣中有淡淡的音樂飄散分辨不出歌詞，食物的香味卻很強勁，彷彿隨手抓得到。間或的刀叉碰撞盤碗的聲音叮噹作響，打破這餐館裡靜靜的沉寂。室內的燈光暗淡，牆壁也是暗綠和米黃的顏色，所有的心思都凝集成對眼前食物的專心一致。鄰座的一家四口正吃得起勁。少凡望了一眼說：「將來這樣就行，一男一女正正好。沒事兒了週末大家來吃吃飯，聊聊天就很好。」汪彤也望過去，看那一男一女八九歲的兩個小孩，心裡笑一下，還沒結婚就想著孩子了。現在的關鍵還是怎麼讓某人死心塌地也變成豆精一族呢。

吃過飯兩人回到少凡的住處，少凡說：「給你看樣東西。」汪彤見他臉上的神情肅然，不知道他拿出來的東西會是什麼。少凡拉開抽屜，拿出一張照片，遞給汪彤說：「這就是我的心病。」照片上的女孩子美麗異常，也冷豔異常，背景是上海外灘。少凡喃喃道：「是個暑假好像，我從成都回來，在車站看到她，拿個大箱子還有一捆道具還是什麼拎不動。我就上去幫她拎，送到她家，她丈夫在外地工作。然後就跟她那個了。可是不知道怎麼做，從來沒做過，在哪裡都不知道。她就叫囂：『笨蛋，連這個都不會。』」汪彤一愣，心裡給熱水澆了一下。

「現在看來就是給她誘姦了。」少凡說，一臉惆悵。汪彤一下子給逗樂了，「多少男的可能都爭先恐後排隊等著誘姦呢！不是有個新加坡還是哪兒的女生，叫囂要大戰多少男人。就像三國裡的張飛一樣。我張飛在此，誰敢與我大戰三百回合？」兩個人說說笑笑間進了臥室，這一次花好月圓按下不表。汪彤至此如同長駐少凡家，自己的寢室反倒成了擺設一樣。

到了晚上汪彤敷臉，黃瓜膠膜，撕下來時候好痛。少凡就說：「我來幫你弄，不能輕，越輕越疼。」少凡看好各處邊角，一用勁就全撕下來了。汪彤窩心，到底是做實驗的能手，手腳麻利得很。臉做完了，要塗指甲油。少凡也要插手，一筆一劃像畫畫，嘴裡一邊嘟嘟囔囔：「真是臭美，還塗紅指甲。」汪彤不說什麼心裡卻是美滋滋的。

這一天，少凡買回來一隻鴨子，要做鹽焗鴨子。

「劉老太給的配方。」少凡說。抹了兩手的花椒往鴨子身上噌，完了還要抹鹽。汪彤站在旁邊說閒話：「這麼多鹽要鹹死幾個？」

「不好吃找我！」少凡說。

「找你有什麼用？」汪彤說，「你又不能讓鴨子起死回生？」「我咋那麼怕你啊！」少凡說。

「這樣吧，要是不好吃，我睡沙發好了，要不跪搓板也行。」

汪彤就給逗樂了。如今是汪彤給他追著像逃亡，兩個人從臥室追到廳裡，再繞著飯桌追著跑。汪彤就想起來雪雁說的那個貴州邊區受不了要打離婚的女人。

尼娜單位年底有一隊工程師從中國來。需要翻譯，汪彤、雪雁都報了名。除了翻譯，還要帶著他們去首都華盛頓DC，紐約等大城市觀光。為了趕火車，汪彤三更半夜就起來了。少凡說：「我送你去雪雁那裡。」兩個人冷風黑夜裡開車到了雪雁樓下。少凡卻遲疑著不肯進去。汪彤搞不清楚緣由，怎麼就不能進去呢。少凡彆彆扭扭只好說：「尼娜有那個意思，讓她看到我們在一起不好。」汪彤一愣，他倒是挺替別人著想。都跟他這樣了，還要躲躲藏藏跟地下工作者一樣。少凡轉身開車回去，汪彤想起上次教會吃飯，一夥人堆在一起。某男開始抱怨，說老婆這也不會那也不會，娶這個老婆簡直是上輩子作孽了。少凡過後就說：「哪有這樣的，我要是娶老婆，一定是世界上最好的。要不就不娶。」汪彤現在把這話翻來倒去想想，那她算不算世界上最好的？如果是就不應該怕見人，如果不是又幹嘛跟她在一起呢？只是這樣住來住去，有實質內容，而不需擔當任何責任嗎？她這也是在乎起名份了嗎？還是人到橋頭自然要上橋。她這樣想著，就覺得不知道哪裡來了危機感。

7

少凡的朋友來了。毛毛跟她的夫君。這毛毛真是毛毛，球球噠噠，北方人講話就是離地不到三尺。一臉的戾氣啊。先是說少凡胃不好，嫌飯做的太硬了。汪彤心想：「你誰啊？上來就指手畫腳。指使你自己老公去吧！」那老公早給毛毛數叨得像根蔫草，大話都不敢吱一聲。數落完了飯菜，毛毛開始對著灶台指手畫腳說：「這麼髒，炒菜的油煙厚厚得像城牆，其實很容易清潔的，用洗潔劑沾清水一擦就下來了。」說著還要動手。汪彤就說：「我來，哪裡敢勞煩客人。」然後心裡就氣悶，簡直是越俎代庖，不過就來住兩天，到挺有主人翁責任感。最氣是少凡，米飯明明一直以來都是這樣的，今天就好像受了委屈，好像從來沒人管他胃疼，一直都給他吃硬飯似的。毛毛看看控制不了這場面，就悄悄對少凡說：「要是早知道你有女朋友，我就不來了。」少凡不吱聲，心裡卻是受用的。朋友還是老的好，你看這麼多年了，都結婚了，還記得我的胃不好。也不管她老公在旁邊，還那麼呵護備至。誰說只有女人需要呵護，男人也要的。

兩天過去了，毛毛他們要去亞特蘭大。少凡上課，沒法送他們，汪彤就說：「我送你們好了。」開車把他們一對夫婦送到「灰狗」站，毛毛車上也沒忘了抱怨丈夫哪哪兒不夠格。汪彤想：「這毛毛活得是真瀟灑，沒心沒肺，這樣的人都要活百歲的。可憐了那些受氣包，包括她自己。如果按她的脾性，早把她罵的狗血淋頭了。」可是，現如今卻只能強裝笑臉，不但要跟她送別，還要揮手說再見。

「再見，誰要跟你再見？」汪彤送走了他們。悶悶地往車裡走，一抬頭看到遠處有個人在盯著自己。仔細一看，這不是愛德華嗎。

「你怎麼在這裡？」汪彤高興地叫道。愛德華指了指不遠處的電腦商店CompUSA，「我在這裡打工。」他說，「進來看看吧。」汪彤正好這兩天憋屈得沒地方出氣，這可有個人說說話。就隨著愛德華進到商店裡。

這電腦店裡簡直就是電腦的海洋啊。各種各樣，應有盡有。愛德華把她帶到一架四八六前，說，這個快，還可以玩遊戲。汪彤點擊挖地雷，果然飛速。愛德華轉身又把一個手提電腦拿到她眼前，看，這是最先進的。汪彤望著這迷你電腦，真小，只比一本書大不了多少。愛德華說了一個什麼名字，汪彤也沒聽懂。

她把玩著膝上電腦，問道：「你在這店裡做什麼工作呢？」

「組裝和維修。」愛德華說。

「我家的電腦都是自己裝的，我也管修理。」

「那你找工作肯定很容易。」汪彤說：「現在電腦這麼時髦。」

愛德華點頭，說：「洛麗那面機會多，三角園大公司很多，我準備一畢業就去那邊，現在這裡就是積攢點兒經驗，順便掙點零花錢。」汪彤邊聽邊點頭。

少凡的大妹夫來了。邵峰個子高得像山峰，走哪裡都顯山顯水。教會裡，還沒說幾句話，旁邊的大姨大媽就像雨後春筍，探頭探腦臉上都是笑：「結婚了沒？給你介紹對象？」那多嘴多舌的就說：「你們哥倆怎麼長得一點也不像呢？」邵峰就得再一次解釋說，「我們不是親兄弟，哥哥他也不姓邵。」

回到家，少凡就拉長了臉，說：「你看他厲害吧，三句英語講不到，就敢上去跟人家老外聊天。真服了他了。」汪彤就說：「學外語就是要敢講，他這樣的學得才比人家快呢！」少凡因為家裡多了個人，不能像從前那樣兩個人無所肆忌。所以見到邵峰就是撲克一樣擺了一張臉。邵峰又沒辦法，就對汪彤說：「你倆都是博士，他怎麼就跟你不一樣呢，整天板個臉，就沒見他笑過。」汪彤就說：「人家不是幫你聯繫了學校，找了獎學金，買車，你還要管人家對你笑不笑？」邵峰聽了，就點頭樂了。

邵峰說：「你看他名字都叫得絕，少凡，簡直就是說，少來煩我。」汪彤一聽也樂了，想起當初自己也好奇他名字的怪異。少凡說：「這名字有講究呢，少並非真少也，凡呢，當然也非平凡。敢叫這樣名字的都是非等閒之輩。就像宋任窮肯定不窮，賈平凹也不是真的平淡凹陷。」邵峰聽了，不住地點頭。汪彤又犯頭疼，週期性的每個月都會來一次，說著話手按著太陽穴，手按得酸痛也不解決問題。

邵峰就說：「生個小孩吧，生小孩坐月子就把這些毛病都做掉了。沒聽說有句話，女人哪裡有什麼毛病，別人就會建議，趕緊生個小孩吧。」汪彤說：「就像老美說，Let me have enough plague so that I can get rid of the lines and wrinkles.（得場大病臉上的皺紋都跟著病掉）。」邵峰笑說：「真的，是那麼回事兒。而且小孩長得快，有苗不愁長，你看我家娃兒幾天就長大了，現在都三歲了。」「那你這回不是自由了？」汪彤道。邵峰說：「那是，我跟太太都喜歡小孩，就等她來了多生幾個，生他一個足球隊。」汪彤笑。

邵峰話頭一轉說：「你們怎麼不結婚呢？這樣住一起還不如乾脆結婚算了。」汪彤笑一笑沒吱聲。邵峰說：「是因為那個老美嗎？」汪彤一愣，「什麼老美？」邵峰說：「真是司馬昭之心路人皆知了，唯獨你還蒙在鼓裡。少凡說你一直就沒跟那個老美斷過，人家都看到了，還去他的工作單位。」

汪彤那一晚上想了好久，認識少凡不多不少總有半年了，半年六個月雖然不可能全面瞭解一個人，片面還是可以的。憑直覺，汪彤覺得少凡人不錯，做男人本質上的擔當過得去。比如說，支票本都是放外面的，需要什麼汪彤可以自己寫支票，雖然汪彤從來沒寫過，但是這種安全感卻是需要的。每週出去買菜，少凡付帳自然義不容辭。可是除了經濟上的安全，汪彤就沒覺得有安全。不安全感說不清道不白，像是她有心事，可以講給雪雁聽，卻不能講給少凡聽。

有一次聊起一篇小說，裡面的女主角自己破壞處女膜，就是因為不想被作為一種交易。這行為雖然過激，但不無可能。汪彤就說：「我相信。」少凡卻說：「不可能，我才不相信。那她還要不要嫁人了。」兩個人因而一場大辯論，弄到最後就是汪彤下結論說中國男人就是老封建老保守，雞同鴨講，天上海底永遠不可能相通。其實汪彤老早就覺察出少凡有處女情結，所以從來不在他面前講以前的男友。可是不講不等於沒存在過，又不是長得醜，怎麼可能白紙一張呢。真若是白紙一張反倒奇怪了。可是這事情從此卻成了汪彤的心病。有口難言，最親密的人不是你最親密的朋友，還有什麼比這更無奈的。特別是那一天汪彤找剪刀，打開抽屜看到鏡框，翻過來竟然是一張大美人照片。汪彤盯著發愣，這又是哪位，她可是從來沒見過。少凡見了，一把奪過來，二話不說又扣著放回原處說：「老早以前認識的一個上海女孩。早沒聯繫了。」又怕她不放心似地說：「你沒來之前都是放桌子上的。」

而少凡這廂，則覺得別看自己女人緣不錯，在汪彤面前絕對算得上白紙一張。他自己如此，當然有理由要求對方如此。世界是一個等待你成熟的果園，那首詩裡不是這樣說過的嗎？他從戴紅領巾的時候想到戴領帶，然後要他轉向從此不這樣想了那不是像老黃瓜刷綠漆再刷也綠不了。讓他相信自己的老婆不是處女，簡直就像美女當前，一切如詩如畫。突然美女捂胸咳嗽，聲音轟隆隆，大有肺結核的趨勢。那你還不嚇得只剩下快跑。而且關鍵的關鍵啊，是美女咳嗽加放電，還是老美，這不是要他的命嗎？老美哪有好的，按他老同學小蔡的話說，老美都是三教九流不入流的。小蔡可是歷盡艱險找遍北美洲，亞非拉美各類人種都試個夠，最後還是回國找了個同胞女孩了事。

他們各自懷著心思。最好笑的是這些思維流動不在他們兩個彼此間流動，就像北韓演習核武器，只對著中國和蘇聯，不對著南韓。這中蘇友好自然是雪雁加邵峰。汪彤說：「你說我從前有沒有男朋友關他什麼事兒，那時候根本不認識他。就像他從前有過女朋友我保證也不嫉妒一樣。在我之前，跟我沒關係。」雪雁就說：「大陸人太理想主義了。」「Wake up!」她對汪彤喊，「這不是你看小說呢，生活就是這樣的。就像我跟那個老美，你說有沒有，當然有，他的那個很大，我好奇。但是能跟秦唐講嗎？當然不能講。他也有啊，跟那個北京女孩可能就剩下談婚論嫁沒講到，其他都講到做到了。可是我能問嗎？也不能，心知肚明就行了。但是我有底線，就是一切都在婚前。」

邵峰說：「你家真奇怪，怎麼都是男的在幹活？」少凡不吭氣鍋碗瓢盆洗得叮噹響。汪彤就說：「能者多勞，好男人都是最會洗碗的。」「哪有這個道理？」邵峰說：「我在家從來不洗碗，說實話，家務都很少幹，我老婆還不是愛我如命。」事後，少凡就對邵峰說：「其實幹活不是問題，幹多點兒活又不能累死人，關鍵是不舒心。」

8

這一天，雪雁跟汪彤說：「蘭亭又有空房子了。」蘭亭是雪雁住的小區。名字好聽，其實沒蘭也沒亭，一幢兩層樓房，上面四個房間，下面三個房間，因為房租便宜，住的都是中國學生，除了摩尼。摩尼是最老的住戶，跟《教父》裡面的二頭子有點兒像。房東就像教父，誰也沒見過，房租，水電，雜七雜八這些事情都是到摩尼這裡為止，然後由他去交涉。雪雁說的空房間就在她隔壁，原先的人找到工作走了，雪雁就想到讓汪彤來。汪彤剛來的時候看過，嫌離學校遠，現如今她本來就很少回自己的宿舍，在哪裡住就不那麼重要了。精英樓價是雪雁他們這幢樓的四倍。那不如把東西放過來也是合算的。

說到住處，汪彤到少凡這裡住住可以，但是讓她把家當全部搬到他那裡，她又不願意。「吳爾芙不是說過了嗎？女人要有一間自己的房子。」雪雁說，那，現在就有一間自己的房子了，剩下的就是要有錢，然後就可以寫小說了。邵峰則說：「女孩子讀那麼高學位幹什麼，不如乾脆找個工作算了，趕緊結婚生孩子最要緊，別到時候老了生不出來。」

少凡聽了，就也拿那誰誰的老婆來說事兒：「這誰誰的老婆啊，經驗身分啥啥沒有，可是一找工作就給她找到了，因為漂亮啊。老美也是以貌取人的。」他嘖嘖稱奇道。汪彤聽了，就說：「好啊，那我就去試試，經驗身分都是零啊，估計是肯定找不到了。」少凡笑道：「找不到才好，你就得嫁我。」

說搬就搬，汪彤三下兩除二就把東西全部搬過蘭亭了。雪雁說：「你那點東西我們都不用幫忙就搬完了。」汪彤坐在地毯上一心一意整理。邵峰盯著看，蹲下來的姿勢也像貓一樣兩眼放光。放光的地方是一本影集。看他翻影集的樣子像特務翻找材料，眼冒綠光，臉露興奮。嘴裡也沒閒著：「我就不信找不到。」他說。「找什麼呀，你？」汪彤問道。「照片啊。」他說，「就是那個愛什麼的美國人照片。」汪彤氣得哭笑不得，「有照片就等著你來翻。」

耶誕節到了，一夥人去老李家開派對。老李是科大學生會主席，人緣好，人長得也跟演員一樣。唇紅齒白啊那叫一個。少凡就說：「你看他長得好吧，可是他老婆總抱怨他不幹活，說：『長得好有什麼用，還不如會幹活，讓我唇紅齒白還差不多。』」那時候，汪彤正跟著少凡捧著洗衣簍去樓下洗衣房。「衣服要翻過來洗，」少凡說。襪子，內褲都像魚肚子一樣給他翻個底朝天。少凡貼近她身邊悄聲道：「願意給你這樣洗衣服又不嫌棄的就是真愛你的。」汪彤不吱聲，心想又來俗氣的了。

老李住的不遠，有時候出來散步就碰到了。剛畢業就找到工作，房子也是新買的。老李家客廳裡，長條桌子上擺滿了大家帶來的食物。「這饅頭誰做的？」有人嚷道，「跟店裡買的一樣，做得這麼好。」饅頭的主人出來應道，「好嗎？我也就會做饅頭。」女的打扮土氣，妝畫得也俗。可這饅頭實在爭氣，真想不到出自她的手。隔壁房間傳來小孩「哇」的一聲大哭，然後哭聲漸行漸近，過來一個小男孩。他又打人家了，旁邊孩子給這小孩兒告狀。女的摟過孩子，哄拍著。雪雁悄聲跟汪彤嘀咕，從來不管，動不動就給人打哭了，不是他打人，就是人家打他，小戰爭犯。汪彤瞅一眼小孩，這小孩看起來確實有一種未經修理的原始野性，極其慧黠的樣子。旁邊的爸爸也加入過來說：「我們是不管他的，就讓他自由自在地成長。看看到底會怎樣？」天，雪雁又悄聲嘀咕道：「這小孩兒哭的在後面呢。」沒多久，隔壁果然又傳來他的哭聲。「他把我們的棋子都給抓了。」旁邊的小孩接著狀告，「還給扔得到處都是。」

過節了，美國一年一度盼著的節日就是耶誕節。少凡拉著汪彤逛mall。商店裡人多，他們倆來湊熱鬧，實在是為了感受別人過節。逛到Hudson Belk裡面，少凡說：「看看買個什麼禮物吧。」兩個人站在首飾櫃檯前發呆。頭頂的喇叭裡的歌聲變調，節奏抑揚，非常入耳，好像聽來聽去就聽到兩個詞「dancing queen」。汪彤聽得入神，「我要買這個碟。」她興奮地對少凡說。碟拿到手ABBA燙金字母印在黑色的封面上，連人頭像也沒一個。真想不出如此極簡主義的碟有這麼好聽的歌。「ＡＢＢＡ樂隊，久負盛名，瑞典最有名的樂隊。」櫃臺的職員說。

這一陣飯局真多，東家吃完西家吃。先是摩尼請吃飯。「我媽媽想請你們吃飯。」摩尼說。請的卻只有汪彤和少凡，雪雁去芝加哥見秦唐去了。竟然沒叫上尼娜，汪彤心裡奇怪。摩尼一天到晚對尼娜的意思顯而易見，蘭亭裡也就他倆是常駐居民。

摩尼的媽媽老早就吩咐了，什麼也不需要帶，所以少凡連花也省了。平常兩個人去做客吃飯，都是手提一盆鮮花。今次兩個人登樓，空手道，汪彤連說不好意思。摩尼道，來吃她就高興，媽媽都是這樣的。

樓道裡香氣繚繞，摩尼看上去也比平常精神，跑上跑下，有點兒過節的氣氛。他那馬自達終於竣工了，新油漆，新椅背，雖然車裡面的陳舊消除不掉，氣味也還是修車鋪的鏽跡味。摩尼媽媽做的飯菜非常可口，芹菜燉在一種什麼湯裡邊，就是美國西芹，把上面的老筋都扒掉。汪彤想著摩尼相冊上那一家子皇族的照片模樣，猜想著摩尼媽媽對美國的印象。摩尼媽媽比劃著，然後指著汪彤的口紅說：「這顏色好看，在哪裡買的？」「沃瑪特，不到兩美元。」汪彤很想把自己的那管拿給她看看，或者乾脆送她一管好了。摩尼媽媽連說會讓摩尼帶她去買。摩尼媽媽指著汪彤對少凡伸出拇指，又指著尼娜的房間，搖手。少凡只是笑。

輪到去導師斯科特家吃飯的日子，汪彤去店裡挑了一把鮮花。一進門就跟捧著另一把鮮花的女人撞個正著。「哈哈，我們是不謀而合啊！」女人笑。汪彤也笑。她還是第一次到老美家裡作客，來賓多是斯科特一家的私人朋友。個個人高馬大，鮮花抱在面前的女人懷裡像小鳥。抱在汪彤懷裡就像大樹了。

斯科特跟太太都是個頭高壯的蘇格蘭人，汪彤想起來那首優美婉轉的蘇格蘭民歌〈My Love is a red red rose〉，蘇格蘭人豪爽奔放就像一朵朵又紅又紅的玫瑰。一屋子的人都是大碗喝酒，大塊吃肉。飯菜流水席，一道又一道，快要吃到肚皮外面去了，還沒吃完，人們臉上的紅也越加深重。「蘇格蘭人是不是從前的新疆人啊？」汪彤想，善飲風趣，能歌善舞，有人要站起來扭兩下了。腳下有什麼東西動了一下，汪彤往下一瞅，嚇了一跳，狗。斯科特忙說：「牠不咬人，非常聽話。」果然一個晚上那條狗就一直臥在那裡。這狗不大不小，巧克力色，極其溫順老實。一個晚上的酒氣肉香，喧嘩暢飲裡我自安然不動。汪彤認為這是她這輩子見過的最溫順的狗。

東家吃過西家也吃過後，汪彤開始念叨洛麗三角園的中國店。少凡就說：「好啊，那裡還有廣東早茶也可以順便去吃一頓。」兩個人開車直驅前往。一路上很興奮，汪彤是見到高速就像鳥兒出籠子，去哪兒都行，哪怕是一直開，開到天邊都行。少凡笑說沒想到這麼文靜的一個人心卻是野的。野心家不過如此。汪彤是不理的，反正只要不待在家裡去哪裡都行。

廣東早茶卻慘澹經營，人不多，東西更少，吃了半天也不知道吃了什麼，鳳爪沒有，小排骨也沒有，上來的都是大塊頭，粉腸一大碟，糯米雞一大包，再來一碟滿滿登登的芥藍蠔油，剩下的是只能看而吃不下了。汪彤嘴厲，說：「這哪裡是廣東早茶，分明廣東大盤子。」少凡不管，正宗不正宗他沒概念，能吃就行了。兩個人坐在包廂裡，拉著手，喝著不知名的什麼茶，說說笑笑倒也挺樂呵。

吃完了早茶，少凡說順帶要去附近的州立大學圖書館查資料。公事私事各半，也不枉長途跋涉跑這麼遠只作一回吃貨。汪彤沒意見，她老早也想去州立圖書館看看的。

少凡查完了資料說：「帶你到東方店看看吧。瞧瞧三角園的東方店可比綠堡的正宗多了。」東方店裡，汪彤順著少凡的手勢，看那成山的雜貨，香菇、木耳、干貝。米粉也是成山的。蔬菜的種類更是繁如星雲，芥藍、空心菜、青江菜、西洋菜、豆苗、紅梗菜。洋洋灑灑，兩個人裝滿了一車，滿載而歸。此時天色還早，才剛過中午，高速上卻空無一人，蓋因天氣預報早說了要下雪，又是週末，行人都趕早回家，誰還待在路上。寬闊的馬路上無人蹤影，天空顯得更加清冷。倒像是空氣裡的清冽寒冷能穿過車窗透進來。少凡搬動手閘，鼻子哼哼道：「要下雪了，冷死人。」

說下就下，剛上路就看到雪花零星往下飄，「沙，沙」地打在車窗上。雨刷上下飛舞，雪粒瞬即閃開。瞬即雪花變成了雪片，雨刷變成了白毛刷，路上變成了一片白茫茫的雪道。少凡不知怎麼踩了一下剎車，兩個人就像坐山車忽悠一下。剎車看來不能輕易踩，可是打滑又忍不住要踩。少凡又是一腳，車「吱溜」一下橫跨四個車道，頭朝外尾朝裡衝到路旁。

「怎麼會這樣？」兩個人先發呆然後發笑，臥在車裡不知如何是好。「還得開出去。」少凡終於說。油門手閘一陣忙乎，可是車像待字閨中的小姐，大門不邁二門不出的，就是不動。少凡沒辦法，汪彤更沒辦法。兩個沒辦法的人正想不出辦法卻看到警燈閃爍，一輛警車從遠處駛來。員警從搖下的車窗上探頭巡視說：「這麼大的雪，別人躲之不及呢，你們還上路。」一說歸說，員警拿出工具還是把他們的車從側溝裡撈出來，如此這般一番交代，雪地開車守則第一是不能隨便踩剎車。兩個人點頭稱是，目送員警離開又接著上路。可是沒過多久又故技重演，車又陷到路邊溝裡了。

兩個人如今像坐在火箭上，車頭朝上，人朝著天空。少凡就說：「車子太舊，輪子都磨得沒痕跡了，踩不踩剎車都一樣。」汪彤說：「那就是大溜冰場上溜冰。」

少凡攝了口氣說：「等你有錢了，一定要給我買一輛凱迪拉克，就像『福摩莎』老闆娘的那輛一樣。」汪彤看著少凡想要新車像小孩子要禮物的樣子，說：「凱迪拉克有什麼好，除了大就是大。」「大好啊！」少凡道：「安全，你看剛才好在沒車，要是有車咱們的車跟他撞了也沒問題，小車就不敢說了。」汪彤說：「別暢想了，趕緊想辦法怎麼出去吧！」少凡故意做垂頭喪氣狀，今晚就等在這裡看星星了。看星星看月亮都還太早，倆人像沙漠的旅人，引頸張望，望向唯一的出路——馬路。

然後，「嘎達嘎達」馬蹄聲聲，就像《阿拉伯的勞倫斯》電影裡那樣由遠而近奔來了。馬路上奔來的當然不是馬，是車，一輛紅色的小卡車。小卡車上下來一位面孔泛紅，頭髮眉毛都像是太陽底下站多了的樣子的老美，他的頭和臉上都浮著一層泥土樣的金色。

「紅脖子」汪彤心裡流過一個念頭。「紅脖子」一口濃重的南方英語，臉比脖子紅，手裡拿著繩索伸頭從車窗上探視他們倆說：「真勇敢，這樣的雪天還敢出門，我有雪鏈子的也是不得已才上路。」他指著自己卡車輪胎上的鐵鍊。無知者無畏，少凡說：「俺們根本不知道要下雪，Innocent blessing。」「紅脖子」道：「好在我有雪中工具，你在前邊開吧，我跟著你們，如果滑落隨時搭救。」少凡說：「那太感激了，太幸運了碰到你這個同路人。等到綠堡，我請你吃披薩。」紅脖子大聲答應說好。有了主心骨，少凡大膽往前開，當然還是不敢開快，磨磨蹭蹭，臨近傍晚總算給他們磨蹭到家了，一路雖然搖搖晃晃卻再也沒有驚險滑落的情形。兩個人跟紅脖子還有他的紅卡車揮手告別。「你不是要請人家吃披薩的嗎？」汪彤說。「說說而已的，」少凡說，「真請他也不會去的，老美都是活雷鋒做好事不要求回報。雷鋒之花遍地開。」

第二天早晨，汪彤下樓卻發現自己的車窗上開花了，一片雪白，白得又不一樣。仔細看是車窗給砸了。下雪車窗冰凍，玻璃給砸得細碎，像爆炸，卻又碎在那裡冰硝一樣立著沒有落下來。

「雷鋒、小偷都給你碰上了。」少凡說。本田雅哥的發動機好，收音機也不錯，少凡凝視道：「難道有人要偷這兩樣？」兩個人打開車檢查卻一樣不少。「真奇怪，」汪彤說：「是不是看我的車整天停在這裡，沒人管，索性替俺檢查了。真沒想到這社區還這麼危險。」少凡說：「這裡什麼人都有，沒看對面的老黑一家，趁人不注意就把報紙給揀走了。」

9

這一天汪彤收到愛德華的一封email。說他找到工作了，就在RTP一家保險公司。這一陣經濟不景氣，公司不裁人就算好的了，哪裡還有招新人的，還是個沒有經驗的新人。汪彤也跟著興奮，再加上好奇說：「美國找工作簡直是狗追尾巴，經驗經驗，可是剛畢業哪來的經驗，沒有經驗哪裡找工作，這就是個怪圈呀。」愛德華道：「說怪也怪，說不怪也不怪，這裡面還是有竅門的。比如說，我也沒經驗，可是做RA，CompUSA之類的工作都算經驗，還要有點兒關係。美國也是講關係的。所謂networking，就是關係網。同等能力下，不認識的和認識的兩個人，你說會要哪個？」汪彤道：「也跟中國的後門一樣了？」後門還是前門，不知道。愛德華說：「反正如果你也想來這裡工作的話，我可以給你遞簡歷。傑弗遜金融可是全美有名的前五百家大企業之一，前景還是不錯的。」汪彤說：「好啊。」反正多個朋友多條門路，簡歷先遞上去再說。

一星期後，愛德華打電話給她，說要回學校取東西，可以順道去看看她。汪彤想想現在住在這個蘭亭，可是人多嘴雜的地方，不像從前的精英樓，人員閒散，不要又沒事找事兒。可是轉念一想，還給誰活的呢，世界是自己的，與他人毫無關係。管得了上天入地，還管得了別人說三道四。用《紅樓夢》裡晴雯的話，就是給人家說也說了，還不如真做了也不枉這一番相識。於是就說：「那你來吧。」

愛德華一路風塵僕僕趕到了蘭亭。嶄新的本田車黑油油地放光。愛德華說會在此地間常來常往，因為父母家就住在兩地之間的小鎮。他爸爸是個牧師，每星期在家做禮拜，來往的都是熟人朋友，如果汪彤願意，也可以來參加，下星期就有大型聚會，歡迎前來。汪彤點頭。

說了一會兒話，愛德華說：「今晚要在查克那裡過夜，又要擔心查克那個公寓有人砸車，新買的車可別也給人砸了。」

「這裡的人怎麼那麼喜歡砸人家車呢？」汪彤想起自己那輛車窗給砸得細碎。

「都是醉酒的，」愛德華說：「沒事找事砸別人的車發洩，反正砸完了也找不到人。」汪彤就說：「那你停這裡好了，樓下都是中國人，肯定不會有人砸車。」

本田車安靜地停在樓下。樓下好事的人卻不安也不靜。有人報告給少凡說：「那個美國人一夜待在樓上，車就停在樓下，一個晚上都停在那裡。」少凡一聽，火冒三丈，從認識汪彤就沒少跟她背黑鍋了，一下子給人看到兩個人打球，一下子又是去美國人單位，現在竟然敢留人過夜。你還怎麼讓我有臉見人。他氣得胸口要爆炸，想找到汪彤恨不得當場給她兩巴掌，看她怎麼說。當初別人就勸他不要跟她，用劉老太的話說是汪彤太傲慢了。這個世界誰跟誰啊，她有什麼了不起。少凡想我也沒聽他們的，看看現在如何。那次打球就跟她說過了，不要再來往，她也答應了，還要他說什麼？他想來想去，找她都懶得找了。打了兩個電話，看她不在，索性死心了。

汪彤第二天來，他心頭的火倒是熄滅了，心也跟著冷了，心火變成一臉的漠然。汪彤不知情，心想這又是哪兒跟哪兒啊？不過是跟愛德華見個面聊個天，就值得這樣？現在就給管得嚴嚴實實，以後還讓不讓人活了。兩個人各懷著心事加賭氣越加不理彼此。

見少凡說話，有一句沒一句，汪彤也來氣了，索性澈底不理他了，一個人趴到電腦前挖地雷。挖地雷挖到眼睛疼，「碰」，一炸一片，自己跟自己較勁，看看到底能在多快的時間裡挖完所有的地雷。少凡也願意玩這個遊戲，兩個人還比賽過看誰挖得快，真正是消磨時間的能手啊。汪彤挖著地雷，心裡的地雷也跟著炸開花，她不要這樣的生活，她要自己獨立，父親不是老早就告誡過了嗎，女人一定要獨立，即便是結婚生子了也要有自己的事業，自己的經濟獨立，否則，嗯，下句話就不說了，那意思嘛就是顯而易見不用說了。看少凡對她帶搭不理，多多少少骨子裡還是有這東西在作怪。她要是女王，看他還敢不理她。就算她不是大不列顛女王，也該是他的女王吧。她就是上房揭瓦，把房蓋都揭了，他也該樂呵呵地說：「好，那，這是鋤頭，要不要我幫你揭？」或者說聲：「辛苦辛苦，喝杯水再接著幹吧。」

少凡該做的都沒有做，反倒跟她嘔氣。汪彤越想越氣，索性打開聊天室，去找愛德華聊天了。他上次說的面試呀，啥啥的到底是怎麼回事兒。上次兩個人聊天，汪彤說，從來沒面試過，因為從來沒申請過工作，哪裡來的面試。面試呢，不就是穿上你最漂亮的衣服，表現出最佳的風度，然後乞討人家給你一份工作。愛德華一聽，笑道：「不是求人，是向他證明你是最好的，最合適的。」汪彤說：「那不就是表面上要表現出風度，其實骨子裡還是在祈求了？不相信你在申請工作的時候心裡沒有祈求過上帝保佑你拿到這個工作。」愛德華說：「那是信念，信念和祈求還是有差別的。」汪彤喜歡這樣的神聊海聊，漫無目的天馬行空，想到哪裡聊到哪裡。外間廚房裡少凡的飯菜早做好了，見她還不過來，只好進屋叫她。汪彤趕緊答應著，關了機器去吃飯。

第二天，汪彤回來，鑰匙悉悉索索打開門，走進屋發現少凡還沒回來。汪彤於是進臥室，隨手打開電腦，劈劈啪啪一陣開機聲響，汪彤嚇得差點沒跳起來，整個螢幕上昨晚跟愛德華的聊天記錄天兵天將大隊人馬排列著往她眼前蹦。天啊，她記得自己是先關了機才去吃飯的。她立馬身上出了一層汗。少凡也絕了，看過了還就這麼放著，也不刪掉。難道是要留給她看？汪彤再仔細看看倒也沒說什麼，不過是閒聊而已。

汪彤心蹦蹦跳著，趕緊去做飯。一直跟少凡說不再來往，看看現在這談話記錄，鐵證如山啊，還有什麼好說的，尤其是那上面一句句，你去哪裡了，我正在找你，哪裡像不相干的人，倒像是非常相干的人。將功贖罪吧，多做幾個好菜，等少凡回來跟他陪個不是肯定要了。汪彤邊做飯，腦子裡邊七上八下胡思亂想。其實少凡應該明白，她再怎麼胡說八道，人不是還在他這裡嗎？管她跟誰聊天呢，都是想像空間裡的虛擬罷了。汪彤胡思亂想著手腳不停閒，劈里啪啦一桌子飯菜就給她準備好了。少凡回來一定會樂死，從來都是衣來張手飯來張口的人竟然也會做飯。汪彤心裡美滋滋地暢想，自己可不就是一個上的廳堂下得廚房的好女人嗎。做飯有什麼了不起，不是不會做，而是不稀做，這麼聰明的人想做什麼都會成功的，別說一點兒飯菜，不做而已，做了肯定就是好吃的。

她巴巴地看著飯菜，肚子裡咕咕叫，想想還是等少凡回來一起吃吧。少凡今天卻好像愛因斯坦相對論裡的那個老頭，對著美女跟老頭，美女飛快，老頭就是時間都停頓了。汪彤左盼右盼還是不見人影。她想打電話，可是從來沒打電話到少凡辦公室，她最恨的就是辦公室跑進來私人電話，倒像是家庭婦女，整天把人管得緊緊的。她嘆口氣，只有乾等了。

汪彤站在窗前，隔著百葉窗朝樓下望。通往大道的小路連個車的影子也沒有。旁邊公寓裡的老人倒是準時在外面散步了，甩甩手，扭扭身子搖搖脖子。少凡跟汪彤飯後散步經常會碰到這幾個老頭老太太。有幾次邵峰也跟著走。邵峰是醉翁之意不在走，只在猜附近的房價也。環繞著公寓有很大一片住宅區，深深淺淺，幽幽靜靜，紅磚房子，大鐵門，看起來就很氣魄。少凡說，這種房子都很大，卻不見得有多少人氣，君不見只有樓房不見人，個個都像狄更斯小說裡的豪宅。汪彤說，聽說有個很有名的科幻小說家就住這附近。

邵峰對科幻作家不感興趣，只幻想要攢多少錢才能也到這樣的洋樓裡做主人。現在邵峰早搬出去了，和一個美國人分租。英語突飛猛進，他說，老婆也在辦簽證，等她來了就自己找個房子出去住。

10

汪彤有一陣沒見到雪雁了。前一陣雪雁父親去世了，肝癌晚期，走的很快，六十出頭而已。雪雁講起來就傷心的要命，一點兒福沒享到，才剛熬出點兒頭就走了。雪雁父親臨終前的要求就是能看到她結婚成家。所以她跟秦唐先回臺灣行了婚禮。少凡跟汪彤一起湊了份子。雪雁寄過來婚紗照，真是金童玉女啊。就可惜悲喜同在，臉上的笑都是保守的。汪彤心裡不免感傷起來，怎麼趕著趕著又到了大觀園，真是天下沒有不散的筵席。當初大家一起歡笑嬉戲，如今卻都要各自為家了。誰說的姻緣天註定，雪雁的婚姻是註定與父親的生死相關了？

天色漸漸黑了下來，汪彤的肚子早像壓久的腿麻痹了，不餓了。肚子不咕嚕了，門鎖卻「嘎達」響動，一陣風湧，少凡走了進來。少凡的臉色依舊不冷不熱，眼神也是迴避她的。汪彤自然不想追問為何這麼晚才回來。就算是平常，汪彤也不會追問，她最討厭的就是刨根問底。他不說，她自然不會問，他如果想說，自然不用她問。少凡卻轉身慢慢騰騰地從公事包裡拿出一樣東西，遞到汪彤眼前。玫瑰，汪彤眼睛一亮，腦子裡叮鈴鈴一響，今天是情人節啊，她的心裡一陣狂喜。這一支紅玫瑰像太陽立刻把屋子照亮了，連帶著剛才等待的怨尤也一掃而光了。

汪彤手裡握著這一支紅玫瑰，彷彿握著了上房揭瓦的那柄鋤頭。心裡的擔心也跟著放下了。吃過晚飯打理妥當後，兩個人安然入室。少凡也不說什麼，直接拉她入帳。汪彤的後背咯著床，腿搭到了床下。少凡揚著她的兩條腿，像是臨陣的士兵舉著武器，鬥志昂然加怒氣凜然。杜拉斯《情人》裡的鏡頭嗎？梁家輝對著女孩拼命用力，似乎要發洩的不止是情慾，倒像那行動真是有語言的，每一次抽動都像是在說，讓你再挑逗，看你還敢再挑逗。

這一天汪彤收到三角園公司的一個電話，她申請的工作竟然拿到聘請了。汪彤既興奮又擔心，畢竟是第一份工作。擔心的當然是路途太遠。少凡說：「這麼遠，來回三個小時，每天上班時間都搭在路上了。」汪彤不吱聲，少凡知道汪彤喜歡洛麗，除了首府外，也是中國人多，生活比較方便。當初還是少凡送她去面試，別看汪彤做司機也有兩三年了，卻是個熱愛本土的司機，高速是不上的，不敢。如今要少凡天天接送，那不是本末倒置也是得不償失，他還要不要工作了。兩相權益都不可行。汪彤說，那不如先租個房子住下來，看看如何再決定，少凡也只好同意。少凡又給她介紹了幾個從前的朋友，算是互相照應。少凡特別請這朋友吃飯。女生加上室友，四個人到Golden Corral大吃一頓。回來的路上，少凡感嘆，「士隔三日刮目相待，這女生兩年沒見，要把眼珠子摘下來看，怎麼那麼能吃呢！」少凡說：「真看不出來，比我還厲害，五盤。」汪彤笑才想起從前大家在學校餐廳打工，然後去中餐館吃自助餐，比賽看誰厲害，最後是清華的博士男生勝出，七盤。「年輕有為啊，不如把脖子打開往裡倒算了。」少凡說。

汪彤一周在洛麗工作，週末還是回到少凡處，一切都是暫時的，蘭亭的東西自然也沒有動。少凡這一陣卻嚷嚷著回國探親。汪彤只當他是出來久了回去看看。她剛工作，自然不能一上來就請假。她樂呵著看他張羅，直到有一天雪雁打來電話說：「你知道他回去幹什麼嗎？」雪雁剛從臺灣回來，從林雪雁變成了秦太太。婚姻生死彷彿一層薄膜，給瞬間擁有了這種經歷的人添加上一層淡漠的傷感寧靜。

雪雁壓低聲音重複道：「你知道他回去幹什麼，他回去結婚呢。」汪彤不聽則罷，一聽彷彿心臟都失重了，腦子被吸空了，胸口不知道哪裡疼痛。「劉老太說的，」雪雁繼續道：「問你還要不要。劉老太倒是好意，說畢竟大家都是女人，應該讓你知道。」

少凡是去上海跟那個女孩兒結婚。汪彤腦子裡立刻劃過抽屜裡女孩兒的大頭照。心裡甜酸苦辣滋味千萬種。彷彿天塌地陷了，她愣愣地聽著，心裡只是震驚，全世界都知道了，唯獨她不知道。雪雁接下來的話她都聽不見了。

接下來的幾天，少凡在屋子裡轉來轉去，汪彤瞅他說話的眼神遊移，倒真像是吞吞吐吐藏著許多祕密。可是汪彤不想問，她希望少凡能自己主動說，她甚至故意提起機票的話題，讓他意識到她知道他是去上海而不是去四川。少凡卻像沒事人一樣說，先去上海是要辦理工作上的事情。汪彤死心了，既然他不願意說，她就一定不會問。雪雁就嘆氣道：既然沒法交流，那寫信好了。信上更能表達清楚。

汪彤想想雪雁的方法也是沒辦法中的辦法，即便是她孤傲，不聞不問，難道心裡就真的容忍了嗎？既然她不肯拉下面子，少凡也不肯說明白，難道就讓兩個大活人自己打敗自己？誰說的，書呆子的情商低，博士的情商就是負的。汪彤想想，看來只好寫信了。她坐到書桌前，心中感哀，沒想到給少凡寫的第一封信竟然是這樣的信。拿起筆，更是千言萬語不知從何說起，開頭一句：「My Dearest Fan」，眼淚就下來了。

從前兩人最親密的時候都是她叫他凡凡，少凡一句話不順耳，汪彤的小拳頭早就劈劈啪啪落到他的肩頭背上。少凡就抱頭鼠竄，一邊跑一邊叫，「打人了，救命啊！」汪彤就笑，躲在沙發一角笑得梨花亂顫。少凡就走過來，一邊揉肩頭，一邊嘀咕，「欺負人，有一天偏給你打死不可。」這肩膀頭可是寶貝啊。碰到汪彤生氣不理人，少凡也會把肩膀送過來說：「來，打幾下吧。」那時候，汪彤反倒是不打的。「不打，不打，就不打。」她拗著轉過身去。「虐待狂，」少凡就說：「偏要看著別人受苦受難你才樂。」

現在這些畫面倒像是書本電影，別人的故事，可是傷筋動骨的確是她的心思。汪彤想到這些，不免筆下生情，憶往昔，兩人快樂時光沒有喜馬拉雅山高，也有天山高了吧。怎料到，他卻會出如此下策。天山雪崩了嗎？不怕男人花心最怕的是男人犯傻，這不是作踐自己嗎？跟她在一起生活嬉笑，卻去跟另一個不相干的女人結婚。從來都是他懷疑她，而她從來沒懷疑過他。燒火棍一頭熱，原來另一頭分明就是冰山啊。

汪彤越寫越氣，氣淚交加，淚珠滾滾潤濕了信紙，糊塗成一片，最後就細細簌簌變成了一串檄文利字。想起少凡那耿耿於懷的處女情結，索性也一吐為快澈底刺痛。你的那個所謂的心結，汪彤寫道：「讓我告訴你，沒有別的辦法，只有面對並接受。就像你的身高，你無法改變只有接受。」少凡的身高從來都是最忌諱談論的話題，兩個人站在一起，汪彤總要提醒自己斜欠一點兒身子，別站得那麼筆直。少凡也是要踮一下腳尖，意即至少我跟你是平起平落的。身高跟處女結相較，身高是天空，天天看得見，處女是黑洞粒子，天崩地裂的一瞬間。單純地論表象，男人身高永遠第一，只有老腐朽才處女來處女去。這麼說來，汪彤寫到最後又海闊天空了。她在信的結尾寫道：「你若誠懇，想我們之間情感如雲，隨風而逝，不吝珍惜，那麼願你幸福。」

信寫完了，天也濛濛亮了。汪彤瞅一眼鏡子裡的自己，眼睛像金魚泡，臉像白紙，揉皺的白紙。震驚催人老，一夕白髮原來是有的，汪彤感覺自己像個遊魂，行走移動的不過是軀殼，精神和軀體分裂，腦子混沌卻又清醒異常，滿腦子思索的就是怎樣要少凡看到這封信。汪彤現在是連見少凡都不想，更別說遞信給他了。她索性給他放家裡好了。汪彤開鎖進門，客廳裡亂七八糟一片狼藉。兩天沒來，屋子就弄得像豬窩了。平常汪彤不收拾，少凡至少還會拾撿一下。現在是連他也不拾不撿了，早餐吃過的碗筷還放在桌上。老棉襖也搭在椅背上。少凡喜歡披著大衣坐在飯桌前看電視。大衣是綠色的，像軍大衣但又沒那麼長，汪彤就笑說是老棉襖，老僧入定，盯著電視眼珠都不轉。少凡就說，眼珠不動，鼻子動啊。然後吸鼻子刺啦響。等花粉一到，就又像哭了。

汪彤過電影一樣走進臥室，被子自然沒疊，老熊一樣攤著一團在床上。汪彤把信封放到枕頭底下，想想又拿出來，左想右想，床也像有眼睛靜靜地看著她。當初小床換大床，少凡興奮地在上面直打滾，再不用睡地毯了。如今這床卻要給她做信使了。她掀開被子，把信放到下面，又按了按。「等到睡覺他就能看到了。」汪彤想。然後，她把鑰匙也放到裡面。這最後一次了，以後她就再也不會蹬這個門了。心裡一絲感傷，眼淚又差點掉出來。她因為昨晚沒怎麼睡，腦子漿糊一樣，想不清該感傷還是振作。房間很靜，天光從窗櫺透進來，她走過去，靠著窗戶往外望，她再也不用站在這裡等他了。自從那次少凡發現她跟愛德華的網上對話，多少個夜晚，她曾在這窗前等少凡回來吃飯。他像故意懲罰她，每次都回來的很晚，每次都說實驗沒做完離不開。其實這是早有跡象的了，汪彤心想，只不過她從沒當回事兒罷了。

汪彤轉身離開窗戶，眼睛落到書桌抽屜上。抽屜一角打開著像半敞著的門，有很多祕密的門。她想起了那張照片。拉開抽屜，汪彤把那個鏡框拿了出來。這大美人頭她還真沒仔細看過，照片很朦朧，月朦朧人更朦朧，女孩兒看起來像《上海灘》裡面的趙雅芝。她把鏡框往抽屜裡放回去，卻被旁邊的一張小照片吸引，再一翻，哇，左一張右一張，一張又一張，照片的海洋啊。大的，小的，黑白的，彩色的。照片上女孩子們巧笑盼兮，顧盼流離，明眸皓齒，碧玉佳人，哪裡來的這麼多女孩子照片啊！汪彤震驚得自己差點沒變成照片。她住在這裡這麼長時間，整天在電腦上挖地雷打撲克，卻從來沒注意到胸前半尺的書桌抽屜裡美女比地雷還多，照片可以打兩副拖拉機，簡直是到了美女收集洞。她索性也打開那些信紙看看，有朋友介紹的，有自己認識的，還有什麼婚介所提供的。她不想看了，她關掉抽屜，逃也似地飛離出門。

11

信送出去的第二天是星期五，汪彤心裡算計著到週末，三天之內少凡總該想出個眉目了吧。三天之後，如果聽不到回覆，她就走了，搬到洛麗去。週五沒動靜，週六雪雁打電話過來，說：「看看你怎麼樣啊。會不會害怕？」雪雁問，「分手總是棘手，尤其是男人，有的男人小氣最怕別人先跟他分。」「嗯，」汪彤說，「有點兒害怕。」想起國內讀書時，女生跟男生分手，就坐在女生宿舍，男生把分手信撕得粉碎，撒雪花一樣往女生身上扔。「其實人類很弱。」雪雁說，「你不覺得嗎，聚也不好，散也不是，一個分手能擊敗一個人的所有信心。」汪彤說，「那是，還是以前大學裡的事兒，女生有了新歡，男的失魂落魄整天在校園裡遊走，逢人就說她有新男朋友了。」雪雁說：「一個大男人和一個小女子很難說誰更堅強的。」

三天過去了，少凡杳無音訊，信像石沉大海。汪彤又震驚又痛心，看來少凡是下定決心了，抱定主意回去結婚了，那她也只有好自為之了。汪彤強打起精神，收拾行李，拖曳到車上，螞蟻搬家一樣顫顫悠悠地上了高速。此一番烈火金剛鳳凰涅盤啊，汪彤這個熱愛本土的司機，也要移動上高速了。一直以來都是少凡開車，現在回想著少凡唯一的一次陪著她上高速，嘴上直叫快上快上，人家都給你讓了。她還迷迷糊糊不知道快上哪兒，蒙查查地等在路口，後邊壓了一溜的車像糖葫蘆。等到終於上到高速，又不敢換道，看看後視鏡裡的車流如千軍萬馬奔來，本來就不多的氣勢又給吞掉了一半。可是現如今，她就是要打起十二分精神，用標語口號裡的話是有能力上，沒能力創造能力也要上。如果逃離也算能力，那她倒是挺富有能力的。車子經過一段低谷路段。這段路很特別，開上去像突然掉下去，有點兒像賽車場裡的轉彎道。少凡以前提過說這段路有名的，死谷彎道，下去就是死吻，車禍發生都是致命的。汪彤聚精會神目不斜視，雙手握緊方向盤像開飛機，怎麼開都像是在飛。夠快的了，旁邊的車還是「嗖嗖」地超過，她的手心背後都是汗。

彎道顛簸，箱子裡的什麼東西被擠壓了一下，大公雞一陣打鳴，小女聲報出時間，現在是幾點幾分。汪彤的心裡一震，是那個綠色的小鬧鐘，少凡送給她的第一個禮物。汪彤心裡一陣刺痛，眼睛模糊起來，是他在叫她嗎？她沒有不告而別啊。她寫了信給他的，他卻連回音都沒有。

這樣太危險了，一個聲音在叫，汪彤趕緊擦乾眼淚，專注開車。一路顛簸著總算到了公寓，下車如下戰場，肩膀緊張的生疼，後背不知道是搬箱子還是緊張，疼得直不起腰來了。

等到愛德華打電話來的時候，汪彤正靠在床上顧影自憐。愛德華聽說她扭了腰，就說：「泡個熱水澡吧，熱水能幫助鬆弛肌肉。我這裡也有精油，以前跌打傷過腰，別人送我的。你要的話，我給你送來。」汪彤說好。別說他有精油，就是沒精油，也會讓他來的。她現在是身心俱傷，生不如死，任何一個風吹草動都是一棵救命稻草。

沒幾分鐘，愛德華就趕到了。看著汪彤一臉的疲憊和哀傷，愛德華自己倒像是受了驚的小兔子，只有呆呆地望著她的份了。汪彤看他盯著自己的眼神，心裡也過意不去，只是腰疼得受不了。愛德華就說：「我去給你放水，你還是去泡泡吧。」水「嘩啦啦」地響，汪彤心裡的淚又嘩啦啦開始流。愛德華從浴室走出來，兩手淋著水滴，說：「好了，你去看看。」汪彤答應著，一個人進了浴室。泡進浴缸，心生奇異，美國人真有意思，還沒聽說過扭了腰要泡熱水澡的，不都是冰敷嗎。熱水澡解乏倒是真的，不過她心裡的疲乏要多少熱水才能解得了？

從浴室裡出來，愛德華看她的眼神又像是畫上非洲小孩大睜的眼睛，好奇，不解，還帶著點兒懼怕。汪彤看了就想笑，她有這麼奇怪嗎？這還是幾天來第一次露出笑容。愛德華就也跟著笑了。這是精油，愛德華遞上來說，玫瑰味的。汪彤接過來，擰開蓋，觸到鼻息下聞了聞，腦子裡想起雪雁的話。「這些精油都很貴的。」雪雁說，指著自己房間壁爐上一架子的瓶瓶罐罐。古銅色的細小瓶子，一瓶又一瓶。汪彤腦子裡就會晃動起雪雁的那個美國人的影子。美國人才喜歡用精油。汪彤對所有往皮膚上抹擦的物品都有戒備，她無聲地遞回給愛德華。「蘭亭還有東西沒搬，」汪彤說，「一想到又要上高速，心裡就打怵。」「那我陪你去。」愛德華說。臨走愛德華禮節性地擁抱她，愛德華厚實偉岸的胸膛讓她有一絲溫暖的感覺。擁抱可以療傷，汪彤現在明白了。怪不得精英樓裡的老美室友安妮有個大熊，跟真人一樣高。剛見面那天安妮就指著那棕色的大熊說，你可以擁抱它。安妮剛離婚，大熊是安慰。汪彤想如今自己也感同身受安妮一樣的形單影隻心情了。

12

少凡這邊，每日回家吃飯睡覺，家和學校兩點一線，煩心的事情懶得想，汪彤懶得想，上海也懶得想。倒床上大睡是真的，一睡泯煩惱啊。就這麼睡下去永遠也不醒來才好。原先汪彤在，汪彤每日會整理床鋪疊被子。現如今沒人管，他就是放羊放豬隨便放。他倒床上就睡，連衣服也懶得脫了。睡來睡去直到週末，才想起該整理整理床鋪了。一個星期沒疊床，要是汪彤在早給她罵死了。被子掀起，撲啦啦，什麼東西掉地上，是鑰匙。少凡心裡一沉，信封像鴿子也撲愣愣飛落，落下的卻是烏鴉，怎麼看都不吉祥。他匆匆撕開信封，看來看去就是最後一句話：「我走了，你不必找我。」再看一下日期，一個星期前了。他腦子「嗡」地一聲，發瘋似地拿起電話，打過去，沒人接，再打還是沒人接。少凡呆坐在椅子上吸著鼻子山響，電視機開著的，看了半天不知所云。汪彤又要說他老僧入定了。想起汪彤少凡就一籌莫展。他故意不理她原本是想教訓教訓她，讓她嚐嚐給人出賣的滋味。還不是因為她跟老美拉拉扯扯，他才跟上海女孩聊天過往的，電話來電話去，女孩就說那你回來跟我結婚吧，他也就答應了。汪彤從來沒跟他提過結婚的事，都是他提，她沒反應。來無影去無蹤，找個工作都是十萬八千里之外。有話從不跟他說，問不說，不問更不說。分明就是不想過了。她不想過，他還要過呢。他可要結婚成家過正常日子。

可是這信再明白不過，此信見真情，少凡握著信，衝動起來，她寫信，他也可以寫信啊。少凡拿起筆坐到書桌前，字如其人，還記得汪彤第一次看到他的字就說，很大氣，龍飛鳳舞，她看到這字，氣就會消了一半吧。千言萬語不知從何說起，少凡想起汪彤的笑眸。性感真是因人而異，要說漂亮，汪彤真沒有上海女孩漂亮，但就是性感，哪裡卻說不上來。看她倒在沙發上，瞇著眼笑，有點壞樣，就是可愛的要命。還有那玉指千千，纖細如凝脂。他握了就心曠神怡。最要命的是他見了她就想上床，從第一面起。跟她做愛，看她高潮起伏跌宕，一波又一波，千江海水千潮湧，他就是寧做月下風流鬼也願意了。還有這信，寫得簡直就是不娶她不行。才華橫溢，天降奇才。漂亮女孩子他見的不少，漂亮而又有才華的女孩子不多，漂亮而又有奇才的女孩子就是鳳毛麟爪少之又少。偏偏搞出個什麼美國人，沒完沒了。他夠大方的了，再大方的人也受不了。少凡這信寫得是跌跌宕宕，一會兒回憶，一會兒抒情，一會兒意氣風發，一會兒顧影自憐，一封寫完不夠又來一封，兩封都封好了，還是覺得有話要說就再來一封。三封信扎扎實實給他捧著進貢似地一路開車送到了蘭亭。蘭亭汪彤房間門上當然是一把大鎖迎接他。少凡試著把信往門縫裡塞，門轉交。

也像生氣，不接的。少凡沒辦法只好放到門下，又再三交代摩尼，看好信，見到汪彤一定

三天過去了，一個星期也過去了。汪彤澈底死了心。心灰意冷可是心情卻又像漲潮的大海平靜不下來。雪雁打電話來，說：「我把你的電話給少凡了。他四處找你呢，看他是要發瘋了，我看你還是接他一個電話吧，講兩句話也行，不然要出事了。」汪彤說：「有什麼好講的。」心裡卻想：「信上不是都說得很清楚了嗎？他不就是要回去結婚嗎？不是已經成全他了嗎？」但雪雁的話她還是要聽的，就說：「好，讓他打好了，看他有什麼好說的。」汪彤好像還在氣頭上，連她自己也不知道哪裡來的那麼大氣性。少凡的電話打了過來。汪彤握著電話，倒像是握著手榴彈，燙手而且危險。少凡聲音沉沉地說：「你要跟我說實話，到底是要我留還是不留？你要我留，我就留下來。」汪彤心想什麼留不留？機票都訂好了還說什麼留不留。再說三天早都過去了，三天前幹什麼去了。嘴上卻說，「你走，我不要你！」少凡聽著心往下墜，到了嘴邊的話又給吞了回去。機票還不容易退嗎？可是一個電話線彷彿已經把兩個人隔開萬水千山。

「汪彤，」少凡聲音裡帶了哭腔：「咱們真的沒緣嗎？」汪彤只覺得後背一陣疼痛，腦袋像隔了一層膜，電話更像炸彈就想扔出去。「對，沒緣。」她說，「你回去好了。祝你幸福，再見！」然後就把炸彈扔了出去。

電話掛了，汪彤的淚水又如脫韁的野馬，哽咽不止。她哪裡要聽什麼留不留。她的心

思他難道還不知道嗎？還要問？他難到不是應該先向她解釋回去的緣由嗎？

悲痛背痛。汪彤這背痛有一陣了，去看醫生，只會給開藥。一大罐止疼藥。怪不得美國人這麼容易上癮，這一瓶藥吃下去不上癮也得上西天。汪彤看著那一粒粒的紅色藥片像苦瓜籽，到了胃裡都能長出苦瓜。藥瓶子一溜三罐，她都可以開藥房了。她索性一粒也不吃了。不吃藥，再去試整脊。脊骨醫生嘰哩嘎啦在她背上又是壓又是按。看他好辛苦，翻轉勞作哼哧帶喘，汪彤先給壓笑了。「我記得你，」脊骨醫生說，「上次來穿一套粉紅運動裝。我有照相機記憶力的，來我這裡的人每天無數，你也要來，要接著來。」汪彤說好，可是連續去了幾個星期，卻沒有明顯進展。怎麼想怎麼覺得這脊骨醫學就是個牢什子的東西，一點兒實效沒有。愛德華想出一個辦法。去針灸吧，他說：「我今天看到一家針灸診所，就在埃派克街上，旁邊有家中餐館。還是到中餐館吃午飯才發現的。」他說。愛德華如今是每天跟她通電話，問寒問暖。汪彤心暖，愛德華對中國文化是真上心。

針灸診所不大，在購物中心裡的鬧區，裡面卻很幽靜清雅，牆上掛著針灸圖，人體模型圖。諾大的針灸針汪彤一見就倒吸一口氣。向醫生卻說：「不怕的，不痛，都是電控制的。我以前在國內中醫院的時候哪裡有這麼好的條件。」向醫生擎著針頭做著準備工作。汪彤好奇道：「來美國自己開診所，自己做老闆。不一樣吧？」「也沒有，」向醫生答，「因為一般保險不包括針灸，中國人來的不多，老美也都是好奇淺嚐為止。所以呢，不能算慘澹經營，但也不是門庭若市。而且煩心的事情不少，就說那兒子吧。」向醫生嘆氣，

「智力有點問題，給他找了個工作，擺紙盒箱子。他倒好，擺擺躲到箱子後面睡覺去了，那誰還敢要他。」向醫生說著話，手頭不停。一切就緒，向醫生留她一個人靜靜地臥在那裡。她倒真的沒有感覺到疼痛。音樂靡靡流淌如水，可是心上哪個地方在疼。汪彤想起一雙手，少凡柔軟有力的手，按摩著她的肌膚。「你應該早遇到我。」少凡說，眼裡都是狡黠。有幾次正按得起勁兒，邵峰回來了，少凡的手就趕緊往下移，變成了捏腳丫。是因為做實驗嗎，汪彤總要好奇，少凡捏搓得總是那麼服帖。現在這手是離她很遠，隔著千重山萬重水了。汪彤望著桌子上的人體模型，那上面的臉型似乎都很像。鼻子挺拔，眼睛平穩，嘴巴小而端正，就連那面無表情的形象也是像的，少凡一本正經的時候也是那樣。

13

汪彤回蘭亭搬東西，愛德華開車陪同。一上樓，就看到門口整整齊齊一摞信封。白色的信封靠著黑色的門耀眼奪目。放在手上簇新紙盒的感覺，汪彤拎起來放進口袋。東西收拾妥當，愛德華開車準備上高速。汪彤說要先把這些信還回去。車行駛在商場路上，樹木林蔭道，汪彤想起第一次跟少凡在這路上開，那一次還是去少凡家吃飯，雪雁做的正宗臺灣牛肉麵。如今物是人非，雪雁已經去了加州，現在她也走了，蘭亭樓去人空，只剩下摩尼。更別提少凡了。紅綠燈停息的一瞬間，愛德華望風景忘了燈已經變綠。「走」，汪彤說，一出口才發現說的是中文。愛德華卻好奇她說的什麼，一定要她再說一遍。下一個紅路燈時，愛德華就活學活用。「走」，他邊說邊開動汽車，自己也跟著笑。

車開進少凡的公寓，小路上的落葉給風吹得散滿一地，四下顯得肅穆冷清。愛德華盯著手裡的信說：「不打開看看？要是我就打開看看。」汪彤不吱聲，四處觀望著沒看到少凡的車，那個大車很顯眼的。「你去送吧，」汪彤終於對愛德華說，「就在二樓左邊第一個門。」愛德華拿著信「砰砰」蹬上二樓。此時，少凡正坐在椅子上盯著電視機螢幕，心裡一片空蕩蕩。誰上樓呢，這麼響，少凡心中嘀咕，原來這樓也這麼空蕩。再有兩天就回國了，結婚為什麼也是這麼空牢牢的感覺。他挪了挪屁股想起身看看，轉念一想又算了。汪彤望向二樓窗戶黑洞洞的毫無聲息，信使已經「蹬蹬蹬」一路跑了下來。汪彤再瞅一眼漆黑的窗口，像是在告別，她再也不會來這裡了，這個曾經有過她悲喜歡樂的地方。

七月四日美國獨立日。國慶放假，愛德華說：「去寇特妮家開派對吧！」美國的國慶聚會汪彤還從沒參加過。中國的「十一」那是要放假也放禮花的，大人們帶小孩兒去公園。然後到了晚上，天空絢爛，就給禮花點燃了。

「美國也放禮花的，」愛德華說，「我們自己也會放。」寇特妮家的派對像三十年代林徽因家的客廳，又或者四十年代巴黎左岸擁塞著藝術家的酒館。只不過寇特妮家裡的這夥人不是藝術家，都是電腦領域裡的「大拿」。拿寇特妮跟林徽因比，是因為她長得跟林徽因一樣漂亮，而且富有。關鍵是有磁性，三教九流各類人等都給她吸引來。父母老早就給她買了一幢房子。這房子上下樓連帶地下室亭子間，開派對能裝下一個營。各就各位，電子遊戲都是連鎖合夥的，亭子間激戰劈劈啪啪，樓下各色人等看碟聊天聽音樂儼然一酒吧。寇特妮坐在搖椅上，小狗坐在她的小腿上，跟著她的腳上下搖啊搖。

「牠發情呢！」寇特妮說，「給牠做愛呢！」有人笑，寇特妮的男朋友麥特拿了一瓶啤酒遞給她。寇特妮擺手說：「你做愛喝啤酒啊？紐曼見了肯定給扒拉一邊。」紐曼就是這小狗，不知道算不算狗中的保羅・紐曼，那一身淡棕色長毛像抹了蓖麻油光滑得可以照鏡子，四個爪雪白像穿著白色的小皮靴。名字是寇特妮爸媽給起的，可想而知，保羅・紐曼是他們的最愛。

寇特妮一講到父母就搖頭，每年都要來一次婚禮慶祝，就是拍照，還是裸體照，當然就他們倆自己拍了，寇特妮說：「渾身褶子誰敢給他們拍？站鏡子前自己給自己照吧。」保羅・紐曼可憐啊，寇特妮晃動著腳繼續道：「沒有伴侶，只能跟我的腳談情說愛。」瑞克在廚房配酒，雞尾酒，放冰塊杯口沾一圈鹽。汪彤滴酒不沾，看著他們飲酒享樂，還有天書一般厚的陪酒大全，像是劉姥姥進了大觀園，洋觀園，眼睛鼻子都不知道往哪兒擺了。

「天啊！」有人在廁所喊。原來寇特妮把廁所布置成書房，所有的書不是關於大便就是小便，反正都是有關排泄的，還都是精裝書本配亮晶晶的圖畫。醬缸文化，汪彤腦子裡閃過一個念頭。就像看一個美女，愛因斯坦會描繪跟她在一起時間飛逝。王爾德會說女人的臉是小說，男人只要不愛她就會愛看這本書。普洛斯特會說她衣上的香水味道喚起他某一個夏夜所有的心思情緒。D・H・勞倫斯會描繪她美麗的乳暈像玫瑰，毛絨絨的三角區如叢林。米蘭昆德拉會聽到女子肚子的咕咕叫聲，滿街跑著的美女其實都是腸子裡裝滿排泄物的人群。

客廳裡一片哄笑聲，電視機上正在放《蒙地蟒蛇》，沒看到蛇，倒是有很多稀奇古怪的人。大胖子吃到肚皮爆炸還在吃，肚子如山，圍在脖子上的餐巾像小飛鴿。吃一口，飛鴿在山上撲棱兩下翅膀，再來兩句大不列顛皇家英語，下邊的人就笑得前仰後合就差沒把肚子也笑爆了。汪彤也想笑，可是嘴角咧著笑不下去，這麼噁心的畫面怎麼笑得出來。

老外吧，多年後，她看莫言的文字，才突然心有靈犀一點通。莫言說，小時候餓啊，學校運來了煤塊，拿起來，吃，嘎嘣嘎嘣，那個香。聽的人笑，就像這老美的嬉笑。就是了，就是這種文化裡的深層理解才能出現的嬉笑，還有眼淚。《蒙地蟒蛇》還有一個鏡頭很奇特，死神出現了，死神原來也是人，人的形象，可是沒臉。一車的人衝進懸崖，火車相撞。風把門呼啦啦地吹開，死神進來，把他們帶走了，一車廂，一屋子。死也要有緣的。所以恐機症其實有辦法防禦，只要說，他跟你沒緣，不能同日生也不能同日死，這機上任何一個人跟你沒緣，你就不必擔心灰飛煙滅飛機見上帝了。

從寇特妮家回來，汪彤像多動症小孩，腦子不停地跳躍，新鮮刺激過分了，都不知道怎麼分出條理。半夜了，還有人在外面放鞭炮，「碰碰」兩聲再細細簌簌一陣。她翻來覆去睡不著，想起跟少凡在一起的日子，兩個人坐在被窩裡打牌。她要看他的牌，他躲著不給看，故意讓她輸幾張，然後又讓她贏。外面的鞭炮聲也是這樣碰碰震響著，他們窩在被子裡寬然不動。

她現在又能平靜地想他了，想到好玩的地方甚至還能笑出聲來。窗外的鞭炮響成一串，近在咫尺，似乎就在房角旮旯，挑逗著讓她無法入睡。杜拉斯《情人》裡的鏡頭又出現了，女孩坐在岸上，看河上船邊的風采，新郎新娘拜天地啊。新郎揭蓋頭的一瞬間，還朝岸上的女孩凝神一望。新郎昨晚的衣香吻痕還在她的耳鬢髮際飄散。嗯，汪彤像臨近水邊，雙腳踢踏著水珠，手伸向床頭的電話，她要去打給那遙遠的水邊山城。

14

汪彤拿起電話想打給的人當然是少凡。可是少凡不在近處遠在天邊了。汪彤想說話，號碼有腳自己找到雪雁家。雪雁聽著她的聲音說：「還沒睡啊？我剛才還在想你呢！想著給你打電話，看看你怎麼樣？」「只要你沒睡就好。」汪彤說。她跟雪雁差三個小時，所以半夜了，雪雁那裡也才九點鐘。「他有沒有消息？」雪雁問，汪彤明白她是問少凡，雪雁總是能猜到她的心思。「怎麼會有消息？」汪彤答。雪雁道：「當初他到處找你，我就跟他說，你愛她就行了唄，管她跟誰好呢？其實愛情很簡單。愛女人更簡單，就對她好，寵著她，就這麼簡單了。」汪彤輕聲笑：「你要是男的就好了，要不寫本書吧，給天下的男人看，就叫《愛女守則》。」雪雁笑。汪彤常想自己上輩子一定是個帥哥，總吸引美女。美女不難，美女而有智慧就是吉力馬札羅山上的雪蓮。汪彤自己大大咧咧，可是女友都很有智慧。她上輩子大概還是個孩子王，小孩見到她就會笑，然後睜大眼睛盯著她看。可惜這輩子自己是個勢力眼要不就是個花癡，只有看到帥哥才會笑。雪雁聽了就笑，改個詞吧，是視力，視力潔癖。其實每個人都有的，為什麼有見光死，就是視力潔癖呀。你如果平常見到這個人可能看都不會多看兩眼，可是網上卻聊得起勁兒。反過來也一樣啊，所以有審美疲勞。汪彤笑。雪雁說，其實你這個人是要空間的，就是要給你空間。個性強，所以另一個就不能太強，不能跟你對著幹。汪彤同意。雪雁從來沒提過她的缺點，這已經夠點到為止了。放下電話，汪彤心裡一陣坦然，不過心裡還是有一件事沒放下，還有一個電話要打。電話像跑馬拉松的腿，停不住，目的地當然是中國。

她拿起電話，撥那長得像尾巴一樣的號碼，奇怪竟然像平常打給少凡一樣，並沒覺得有什麼不同。電話接通了，彷彿穿過遙遠而空曠的山洞。山洞迴響，是少凡的聲音。

「看你結婚了沒有？」汪彤說。

「嗯，」少凡說：「到哪裡結婚？」聲音像蒙了一層布，悶悶地。然後像壓得麻木的手腳突然反應過來，「汪彤！」他叫道。

「給你打電話就是看你婚結得怎麼樣了？」汪彤說，聲音壓得低低的。

「別放電話！」少凡急著叫道：「什麼結婚！」

「你不是回去結婚的嗎？」汪彤說。

「哪裡結婚了？」少凡說，聲音終於平靜了下來。

輪到汪彤心裡一震，「那你回來吧！」汪彤說。

話。」

「嗯，」少凡頓了一下，沉吟了半晌，終於道：「我現在不能多講，明天給你打電話。」

第二天汪彤老早就坐在電話機前守著了，心裡疑惑得像哥德巴赫猜想。怎麼會沒結婚呢？回去不就是結婚的嗎？八點了，少凡的電話還沒來。有點兒度日如年了，汪彤心裡竟有些擔憂起來。

電話終於響了，卻是邵峰。邵峰說：「少凡讓我給你打電話，國內打過來不好打；他下星期二就回來了，讓你別著急。」邵峰接著道：「少凡昨晚上把照片也拿給大家看了，我老婆就說，當然是這個啊。這個多好啊！」汪彤笑。邵峰嘆了口氣道：「少凡老早就跟我說其實汪彤挺好的。我說句老實話，你們倆這麼分手簡直就像離婚。你倆都夠有個性的了，你這叫作，女孩子最愛的就是作，但不能太過。」汪彤笑著不吱聲，停了一下說：「你怎麼樣啊？」「我嗎？」邵峰說：「老婆兒子都已經過來了。準備抓革命促生產，再接再厲，生兒生女都行啊。」汪彤說：「好，人間正道是生孩子，多子多福。」邵峰說：「那你就快點加油吧，看你住得那麼遠，要趕緊搬過來，不然你這像什麼。」汪彤說：「明白。」

少凡回來了，打了幾次電話，可是每次一提起汪彤搬回去，就疙疙瘩瘩。少凡就會說再等一陣吧，那個女孩兒還老打電話來。汪彤氣悶：「你不會叫她別打電話來了嗎？」少凡不吱聲。這個女孩並不是回去結婚的女孩，少凡停了一刻終於說。「那個女孩，我回去一見面就知道不行。」汪彤說：「一副失神落魄的樣子，哪個女孩見了敢要。」「當然有敢要的了，」少凡答：「這個女孩一見面就答應了。」汪彤道：「這女孩勇敢。」話頭一轉又道：「那你怎麼認識的？」「別人介紹的，」少凡答，「很厲害的，自己在深圳開著一家公司，做得很好。為了出來，公司都賣了。」汪彤說：「那你怎麼不結婚呢？」「就你啊。」少凡道：「一個電話把人喊回來了。」汪彤不吱聲，可是想起邵峰的話，就說：「那你還拖什麼，既然回來了不就是決定了嗎？」少凡想想，只好說，好吧。

汪彤聽了雖然滿意，心裡還是有點兒彆扭，想起那個電話上她叫他回來，少凡的躊躇她還是能感覺到的。原來是你方唱罷我上臺，又有一個女孩兒上場了。

汪彤把東西打理成一個箱子上路了。一路往綠堡開去，心裡尋思自己上輩子大概也是吉普賽人，真應了雪雁的那句話，貓搬家，沒幾下又搬了。

到了綠堡，老遠就看到少凡在樓下等她。少凡一見面就說：「怎麼把信放人家被窩裡？」汪彤看他那責備與抱怨的表情，沒說的意思當然很清楚。少凡又一臉可惜，說：「可惜我的那些信，你連看也沒看。你要是看了，肯定不會走了。」汪彤不吱聲，她氣得發瘋，人都不想看，別說信了。

進到屋裡，少凡從臥室手捧了兩樣東西出來，說：「給你的。」汪彤打開看，一盒資生堂粉餅，還有一條奶白色的長褲子。資生堂化妝品她是喜歡的，汪彤往臉上抹了兩下，又對著藍色盒子裡的小鏡子左顧右盼一番。少凡就說：「試一試這褲子吧。」那語氣倒是熟悉的，像給家人帶東西回來，汪彤想起爸爸從前出差就是這樣，一到家先打開東西看，給她帶的一向是衣服裙子之類，從來沒帶過褲子。褲子有長短腰圍這一類的東西，就好比游泳，泳衣泳帽泳鏡一應俱全，比較囉嗦。衣服裙子簡單易行，像跑步，套上一雙跑鞋就可以跑了。果然，汪彤拿起來一看就知道太長，再一試到大腿那兒就卡住了。「誰的腿那麼細啊？又不是仙鶴。」汪彤說。想起大學裡，高年級的女生拿了一條褲子滿樓道裡嚷嚷，你們誰能穿進去就給誰。結果是誰也穿不上去。還男朋友買的呢，這男朋友要打光棍。女孩子們嘰嘰喳喳，灰姑娘都是在童話裡出現的，再說都現代了誰還要做灰姑娘。少凡臉上就現出一絲尷尬，「怎麼會呢，我跟賣貨的按你的身材描述的。」又盯著褲子說：「還很貴呢。」汪彤不置可否，想說什麼，想想又放回肚子裡。心裡卻有個影子飄起來，在深圳的大街，女孩子個子很高，腿很長。

汪彤忍不住好奇，因為從來沒給人介紹過對象。「到哪裡對？公園嗎？」汪彤問。少凡就說：「這麼沒有想像力。公園裡又不能吃飯不能睡覺。」

汪彤聽著話裡有話，就揶揄道：「那你跟她那個了。」說完，乜斜著眼睛看他。少凡低著眼瞼不看她，喃喃道：「嗯，她是處女呢。」汪彤心下一沉。見一面就上床，你以為自己是阻擊手還是爆破手啊。不過事到如今也沒什麼好說的。況且他那時候也算是跟她分手的，只是他敢告訴她也算是有膽量。

女孩子電話照打的，少凡接電話的時候，汪彤就走開，心裡卻是難受又委屈。見面呀上床了這些東西她都能理解，就像一夜情天亮走人。盜也有道，人走茶涼還續茶就是不上道。回來了卻又拖泥帶水，這就是糊塗蟲一條。汪彤跟邵峰抱怨。邵峰就說：「少凡的性格你還不清楚，膩歪著呢。他跟你講那段，是因為他覺得你也是一樣，肯定跟那個美國人上床了。」汪彤一聽，氣不打一處來，說：「哪有他那麼大癮？」她又不要證明什麼；真是缺什麼想什麼。邵峰聽了就笑，說：「你倆真夠折騰，在一起要互相猜疑，分開來又互相牽掛。我都聽煩了。要我就跟那個老美算了。」

雪雁聽了汪彤的話就說：「是不是大陸人性壓抑得太厲害了？」《紅樓夢》裡說的，子系中山狼得志便猖狂。也是他自以為與眾不同吧，大陸的女孩子又買這個帳。其實真正有大作為的人是不會這樣的。雪雁嘆了口氣道：「你看李安就不會，所以會得奧斯卡，這就是有大氣象的人。不像你們大陸的導演，那個張大導呀，陳大導啊啥啥的，電影沒拍得怎樣先就見一個愛一個，灑向人間都是愛，還越找越年輕，生怕別人不知道糟老頭才要找年輕女子。」汪彤笑。雪雁說：「不如你跟他攤牌算了，看他怎麼樣。」汪彤不置可否，心裡矛盾，像颶風裡的風向針，分不清東南西北。少凡的性格不夠爽快是真，粘性血脂的人大概就是這樣的，好處也是粘性。汪彤背疼趴在床上讓他按摩。如果不讓他停，他就會一直那麼按下去。她生氣了，甩門而出，他就立馬跟過來，諾諾道：「你上哪兒？我也去。」簡直就像她的小孩兒。這是大妹教給他的新方法，她去哪兒都跟著，那她還怎麼去見那個美國人。汪彤說：「我上天邊你也去？」她甩開他就是想獨自一個人，不想跟他在一起。他難道不知道她為什麼離開？他這樣怎麼能讓她安心跟他在一起？他是一塊大豆腐，拎不起，放不下。

15

公寓又到了該續約的時候，少凡跟管理員約好下午去辦理手續。可是到了辦公室還是有點兒遲，人也換了。新管理員一邊打理辦公桌，一邊說：「今天不辦了，明天再來。」少凡一聽氣不打一處來，臉紅脖子粗地跟管理員叫道：「我是按照你們的要求來的，又不是我這方面的問題，憑什麼單方面取消預約？」管理員臉紅了又白，汪彤站在旁邊也不知道該說什麼好。少凡這一陣好像總是悶悶不樂，難道男人也有生理期，情緒失控不由自主？女人可以情緒失控，男人也一樣失控，那大家還活不活了。汪彤覺得如果真有女人例假跟情緒化相關這件事，那麼她就是相關數上最高的那個值。

「你走了多少次了？」少凡生氣地質問她。汪彤一賭氣就出走，近到市場商店附近的公園，遠到洛麗的公寓。走的像個推磨的小毛驢，自己都不知道還有一個地方是可以固定待著不需要走。那有什麼辦法，就這個脾氣。汪彤說：「小時候就這樣了。」小時候媽媽就說，她這個小孩兒就是「犟」，生氣就不理人，手一甩走了。往哪兒走不知道，從小就知道離家出走，上個廁所就走到鄰居家去了，去找她竟然在人家吃上飯了。汪彤理不清頭緒，電話上跟媽媽抱怨。媽媽就說：「我給你找牛阿姨算了，她說是個屬雞的。」汪彤心裡一愣，少凡就是屬雞的啊。她興致勃勃地跑去跟少凡說：「算命的都說是你呢。」少凡不領情，冷著臉說：「他又不認識我怎麼知道是我？」汪彤想說，給你這麼大的面子，不順著溜還倒刺。什麼他，是她，這牛阿姨可是地方有名的神算，號稱觀世音菩薩的第三個女兒，是有神通的。不過跟少凡解釋這些就形同對雞彈琴。跟他要提出科學證據數字比例之類的還差不多。汪彤卻對未知神祕這些東西很有感知，當然不會全信，也不會不信。牛阿姨連她有沒有男朋友都不知道，卻算出來將來要嫁的人是屬雞的。這即便不算神通也真是很牛的了。所以她跑回洛麗，就會想著少凡的好處，想著他是屬雞的，是她命中的真命天子。可是真命天子真以為自己是天子，行幸於天下所有的女子。汪彤就又受不了，一跺腳又走了。跑來跑去自己都跑糊塗了。這一天，她在Low's裡逛，果樹鮮花，一盆一盆的花都盛開了。她想如果有一個自己的院子，就可以種這些花草了。實在喜歡，她轉來轉去都忘了剛才跟少凡鬥氣的事。最後挑了一小盆花。花骨朵正待開放，粉紅色的，像玫瑰，卻只有茉莉大小。連名字也不知道，她端著連花帶盆一起放到洗手間。白亮的日光燈下，顯得很耀眼，又獨特，奇異。水龍頭「嘩嘩」響著，她給它澆水。

植物需要的是水和陽光，沒有陽光，水應該是必須的。《情人》裡面那盆栽不就是在屋子裡嗎，黑暗裡，他們做完愛，去洗澡間沖涼，然後澆水。她的這盆花，就算沒有陽光，少凡洗手時澆上兩下也不難的。她仔細地盯著花盆上的小花兒彷彿聞到了花開香飄滿屋的味道。

這一次跑回來，少凡臉上竟然有些興奮，說：「還記得老李吧？」「就是在他家開爬梯吃飯，人長得像湯姆．克魯斯的那個，科大學生會主席呀！」汪彤說。想起在他家爬梯上吃過的正宗饅頭。「他不是在洛麗工作嗎？」汪彤問。「對啊，」少凡答，「人在洛麗，家裡後院卻著火了。」汪彤問怎麼回事兒。少凡倒慢騰騰賣起乖子：「那天很晚了，就是上星期你走的那天。」少凡說，「老李來了，去洛麗上班經過這裡，就順道進來聊聊，聊啊聊啊很晚了，老李就轉頭又開車回家去了。回家一看老婆躺在床上，旁邊的人不是他。」少凡臉上浮起一絲笑。老李的老婆她是見過的，汪彤想起來，跟少凡散步的時候見過老李他們兩個散步。很沉靜端莊的一個人。

「女孩子就喜歡騙人，」少凡說，「結了婚也還是如此。」

騙人的好像不止是女孩子。公寓續約少凡把一房一廳換成了兩房一廳，另一間暫時出租。兩個來看房子的，一個墨西哥女人，一個老美青年。少凡選擇了瘦小的老美青年。下一次汪彤回來，少凡就有點淒淒慘慘切切。「老美真奇怪，」少凡說，「不走門，走窗戶。」一大落地窗敞開的，老美就從那裡進進出出，還把自行車也放在臥室裡。等下次再來，老美更是黃鶴一去不復返，人無影去無蹤了。欠了兩個月的房租沒交。少凡說，「該選那個墨西哥女人的，至少她有固定收入，老美小子幹什麼的都不知道。」

汪彤自從搬回來，工作就是有一搭沒一搭的了。因為想著要跟少凡定下來，就打算在附近找工作了。這樣一來身分就成了懸在空中的風箏，風箏的一頭自然是婚姻。可是卻沒想住來住去住成了客棧。兩個人坐在床頭，她挨著少凡的肩頭時心裡很踏實，他的手像熊掌給她當玩具，翻過來捏過去，這時侯都是好的。可是心裡哪個地方卻又像懸梯在空中懸著。她總覺得羅莎・帕克斯，就是那個坐汽車不肯給白人讓座的黑人女子，當年的舉動跟自身為女人有關，跟生理期有關，不想站了，站夠了，所以就坐下來了。白人也好黑人也好，椅子就是給人坐的，不是嗎？於是歷史的里程碑誕生了。總之，這樣的情形輪到了汪彤，然後決定性時刻出現了，即行的軌道從此改變，就像羅伯特・佛洛斯特詩裡森林中兩條不同的路選定了。

這一天，她對少凡說：「我們什麼時候結婚吧？」那時兩個人剛剛做完愛，靠在枕頭上聊天。少凡就說：「嗯，急什麼？」。又頓了一下道，「不談這個吧。」汪彤聽了心裡一沉，以前都是他問，她沒反應。如今她可是太陽從西邊出來了主動提問，他卻是東邊的太陽冉冉升起管什麼西邊的事情。「If you don't know me by now. You will never, never, never know me.」，就是紅合唱團（Simply Red）的歌是這樣唱的吧，如果你現在還不瞭解我，那麼你這輩子永遠也不會瞭解我。少凡上班走了，汪彤把行李箱從儲藏室裡拽出來。她要上路了。

此一番西行我將不回頭。「是否這次我已真的離開你，是否淚水已乾不再流。」〈是否〉歌詞縈繞，汪彤一路疾駛，她受夠了這種顛沛流離的生活。她想安頓下來，而他卻不給她一顆安頓的心。

到洛麗後，剛近傍晚，少凡的電話就打過來了。「怎麼走了？行李箱也拿走了。」少凡問，語氣裡很詫異。以前都是貓搬家，貓自己溜達，東西不動。「我問過你的呀？」汪彤說，「你怎麼回答的？」少凡不吱聲，電話像泄了氣的皮球癟下去沒聲音了。

汪彤一陣輕鬆，像是背了很久的包袱終於卸了下來。你以為是大靠山啊，姐不陪你玩了。她白天找工作，剩下的時間就去滑冰、游泳，把時間安排得像窗縫一樣緊，風雨不露了。愛德華當然又來了。愛德華住得近。他的老美朋友也多，呼朋喚友就是一大幫。

這天，汪彤對愛德華說：「你這樣召之即來來之則安，會不會心裡不安啊？」愛德華說：「怎麼會呢？」汪彤就說，「中國人講究向前看，好馬不吃回頭草的。」「為什麼不吃？」愛德華睜大了眼睛，「好馬回頭說明跑遍山川還是這裡的好。再說了，馬吃草，還管是哪裡的草嗎？」汪彤不置可否。

16

寇特妮家的爬梯照舊火熱，週末了一夥人就去她家裡熱鬧。一進門才發現，蕭瑟秋風今又是，換了人間。寇特妮的男朋友已經換成瑞克，就是那個站在吧台前雞尾酒做得跟真的一樣的大高個。麥特倒是還在，拿了啤酒瓶坐在一旁悶聲不響。汪彤也終於見到了寇特妮的父母，原來很有風度，儀表堂堂的一對，怪不得要照鏡子搞自拍。爸爸很像泰德・透納，也有泰德・透納一樣的白髮一絲不苟。媽媽要比珍・芳達還高而有緻。身上的皺紋不知道，臉上的皺紋倒是沒看到多少。寇特妮這父母像監工，不參加派對，來看看蜻蜓點水一下就走了。保羅・紐曼大概看祖父母在，老實得像隻貓一樣地臥在軟墊上。

過了兩天愛德華提議到他住處包餃子吧。汪彤就說好，切菜拌餡忙活得不亦樂乎。美國店裡買來了餃子皮，包起來也要加道手續。寇特妮往餃子皮上沾水像做手工，瑞克弄得兩手膠黏，一下就要擦手。瑞克說：「寇特妮你好好學吧，以後我們天天吃這個。」寇特妮答：「你學吧！要是天天吃這個我寧願跳樓。」汪彤就樂了，又內疚，這餃子皮真是唬弄老美的。要是自己擀皮，絕對容易包得多，可惜要和麵，她要是有少凡那兩下就好了。從前包餃子，都是少凡和麵。

上次見到瑞克，還是跟以前的女朋友在一起，那女友在書店裡工作，很會做飯。如今這寇特妮是不做飯的，大房子很大，瑞克吭哧吭哧在裡面又切又拌。

餃子總算大功告成，味道還是不錯的。所謂好吃不如餃子，舒服不如倒著。吃完了飯，四個人沒倒著，倒是靠著椅子打起了牌，不是爭上游也不是鬥地主打百分。汪彤還是第一次見到這樣的撲克牌遊戲，ＵＮＯ卡片遊戲，上面都是美國文化歷史人名之類的資訊，玩來玩去也不知道誰贏誰輸，或者是根本就不分輸贏的。打牌的間隙，寇特妮會時不時轉頭親吻一下瑞克，瑞克像個溫順的大公雞，只等著母雞咯咯地伸頭叨他的嘴唇。

如今玩遊戲真是鳥槍換大炮，愛德華屋子裡一溜電腦三台下來。上網打麻將，玩雙路棋跟世界各地的人們大戰。汪彤最喜歡的是電腦上打麻將，最簡單的對對子也能玩得不亦樂乎，對到眼睛疼。網上喜歡下雙路棋的好像都是少年，下完了總會打上兩個詞「good game」，打快了就成個「gg」。友誼第一比賽第二，汪彤想是這個意思吧。「ＧＧ」是鋼琴家古爾德的簡稱啊，瘋狂的天才。汪彤想想自己就是個瘋子，生活沒著落，卻在這裡玩遊戲玩得昏天暗地。愛德華和瑞克喜歡玩電動遊戲，一個人端著槍在屋子裡晃來晃去，四壁圍牆像地道，槍手尋找突圍出口，跳躍，飛簷走壁，在地道裡飛奔，一切都像真的，其實又是假的。遊戲玩累了，瑞克就拿出第二職業酒保身分給大家配酒，科普一番，威士忌原來是啤酒二次蒸餾的酒，啤酒的二婚，瑞克說：「白蘭地就是葡萄酒的二婚，二婚的極品就是這個了。」瑞克搖晃著手中的酒瓶子，「路易十三。是不是結了十三次婚，不知道，反正身價越嫁越高，一瓶千刀啊！」大家就盯著手雷一樣的路易十三咂嘴。每個人似乎都有點奇才，除了汪彤。大家就說，「你會中文啊！還會包餃子。」寇特妮說：「把這瓶路易十三全喝了我也學不會。」大家笑。愛德華最神的經歷是給聯邦調查局盯上了。跟他走了一圈又一圈，最後的提問是，願不願意做駭客。駭客都是電腦「大拿」，而且得一直拿，愛德華想了想，「不想拿，白宮裡的駭客那不就是間諜嗎？」問他遺憾吧？倒也不，他搖頭，「在家裡鼓搗還不是一樣。再說了當間諜就不能跟外國人結婚了。」他朝著汪彤狡黠地笑。

他想得倒挺遠，汪彤不語。不過愛德華對語言倒是很敏感，還學過韓文，拿起電話都是韓文哈羅，韓國朋友也有幾個。其中的一對來玩，女的正在大學裡學音樂，見到汪彤就說，可以教你唱歌，也可以教你彈鋼琴。愛德華家裡正好有個鋼琴閒著沒用，就搬過來給她彈。汪彤跟愛德華儼然就是一對了。

美國人的熱情隨意讓汪彤放鬆，她也喜歡美國人的多才多藝。學電腦的對天文也可能很在行。什麼星啊，軌道的，汪彤從來搞不清楚。愛德華卻特別清楚，甚至哪個星球到哪個的距離都能說到小數點後的幾位數。怪不得古希臘人如此重視天文學。把它跟音樂同比作硬幣的兩面，是研究永存於外部世界的可見物體學科。

「這麼多的星球，還有宇宙，能沒有其他人類的存在嗎？」愛德華講講就要歸宿到這個問題。外星人汪彤從來沒想過，但是給他這麼一說，就覺得外星人大有可能，就在麥田裡，麥田的守望者。比較起來她好像除了讀書就是讀書，其他一竅不通。可是夜深人靜時，大家的評論也會讓她上心。汪彤就會想起少凡的話，「你要寫，」少凡說，「你寫得那麼好，只要寫出來一定叫好，一定能紅彤彤一片。」汪彤就又覺得自己有了翅膀，可以在麥田裡飛翔，說不上就能見到大腦袋小眼睛的外星人。

愛德華父母家房屋前有一大片田野，第一次見到哈里汪彤就覺得很親切。愛德華長得更像媽媽簡妮，高瘦細緻。哈里比較粗獷，肚子挺出來像《白雪公主》裡的胖子小矮人，白鬍鬚都像，大號的小矮人。他們一家人都很高，簡妮更高，看起來比哈里還要高。妹妹蜜雪兒長得像哈里，是他們家的勤快小矮人，總是在倒茶打理。

哈里站在院子裡，指著盡頭的菜地，說：「我種了很多菜，就是小鹿老來搗亂。」說著走到地裡，拔出一根什麼，遞過來道：「這個是偷偷種的，簡妮如果看到恐怕早給拔下來了。」話語裡一絲詭秘。

汪彤仔細一看是大蒜。

「種這個蟲子就不敢來了。」哈里說，又指著身旁的果樹道，「這棵蘋果樹結了很多果子，就是有點小。」

蘋果樹枝上果子一串串。汪彤無來由地想起了家族樹。就像這樹上的蘋果，一個蘋果長著就沒意思，要這滿枝丫的蘋果，你看著我，我看著你，長起來才來勁兒。剛才哈里的傳道裡也講過這個意思。自家的教堂到底親切，附近的朋友鄰居就是教堂常客。哈里家的房子設計的也奇特。客廳走向像遊船的走廊，一溜過道沿著中心壁爐繞過來。一邊都是窗戶，也像船上的窗戶。簡妮像畫上的人物，長髮盤起來，長裙穿起來，手臂圓潤肌膚白，怎麼看都是雷諾瓦筆下的女人。可是又沒有歐洲女人那種豔麗，更像美國十九世紀小說裡的人物，傳統、保守，而不失風采。客廳裡不泛這樣的畫，女人拖曳著長裙在冰上滑舞，帽子上的羽毛，手套白得透青，雪地裡的小教堂，窗戶散發出溫馨的燈光。

「他們經常來嗎？」汪彤問愛德華，示意旁邊的兩對夫婦，還有兩個年輕男女。「老的那對就是巴地先生一家，」愛德華說，「二十幾年的老鄰居了，也是老朋友。你沒看巴地太太穿的衣服都跟我媽一樣。」汪彤注意到，兩個人的髮型也一樣，都是長髮盤起來。巴地太太的盤髮衣著就像《紅樓夢》裡的王夫人。「這巴地太太有中國血統嗎？」汪彤好奇起來。「哪裡有中國血統？」愛德華說，「你看看她的一雙兒女，就是那對年輕的，丹尼爾和丹妮。」「這兩個長得像爸爸了。」汪彤說：「女孩子尤其像。有福了，按照中國人的說法。」汪彤心裡抽動了一下。想起以前跟少凡的對話。

「我們的小孩不管像誰，有一點是肯定的，」汪彤老神在在道。少凡就睜大眼睛問，「什麼？」汪彤說：「嗓子好，可以當歌手。」她見識過少凡在洗澡間的操練，很抒情，姜育恒〈驛動的心〉給他唱得很像回事兒。汪彤最喜歡唱的是〈珊瑚頌〉，一樹紅花照碧海，一團火焰出水來，雲來遮，霧來蓋，雲裡霧裡放光彩。唱到「風吹來，浪打來，風吹浪打花常開」，少凡就會撇撇嘴道：「真黃。」汪彤就跟著笑，搞不懂這革命歌曲哪裡聽出黃呢！哈里家的教會唱的是聖歌，汪彤覺得如果去中國教堂是熱鬧和混飯吃，美國人的教堂就是聽聖歌了。彷彿硬幣的另一面。音樂，像有眼睛它可以發現隱藏在心靈深處的那些豐滿而不可見的流動情感。

大家合力並肩一起唱，聖潔空靈的感覺自然而然就出來了。美國文化的力度好像就是滲透在這些微小的地方。電影院裡看電影，放映之前，先是一段幻燈試片，提醒你不要大聲說話，關掉手機，甚至是摘掉帽子。這些細小的情節在中國很少見到，電視臺如果每天來一條提醒大家，那不就是聖經精神嗎？聖經的真理就是在告訴你每天做一點有益的事，從一點一滴做起，哈里在盡情地演說。汪彤能感覺到愛德華拉著她的手溫暖有力，唱歌就是歌唱，是在跟一種心靈交滙。

英語好玩，她現在的名字，不需要灑水了，只要彤一聲就行了。夜深人靜的時候，她會想這一字之差多奇異，一下子就把她從大觀園叫到了美利堅。

教會上還有一對夫婦也令汪彤好奇。女的看起來很弱，像樹葉一樣輕飄飄地總是靠著男的。愛德華說，女的有病，離婚了，還有個小孩。這男的對她很好，所以兩個人就在一起了。小說裡的情節跳到現實裡來了。汪彤說：「美國人很純情，對愛情純真，不考慮其他因素，跟著感覺走；美國人好像也不在乎處女。」「處女？」愛德華撇了撇嘴說，「那多沒勁兒，什麼都不懂，還得從頭培養。」汪彤愣愣地聽著。

下一次再去家庭教會，就趕上為丹妮準備婚禮了。這兩個雙胞胎真不一樣，一個美滋滋拼命試婚紗，一個無動於衷彷彿結婚是外星人的事。汪彤就說：「丹尼爾不結嗎？」愛德華說：「丹尼爾別說沒有女朋友，還一直住在家裡。」「沒工作？」汪彤問。「也不是。」愛德華說，巴地太太也擔心是同性戀，丹尼爾就明著說了不是。「那為什麼不交女朋友？」「不知道，」愛德華說，「沒碰上吧。」巴地太太也後悔了，是不是對他保護的太多了，什麼都打理好，難道女朋友也要給找好，說不上孩子也要幫生出來算了。

汪彤笑，想起小時候後院鄰居家就有一對雙胞胎。趕上上山下鄉兩個可以留一個，男孩兒就下鄉了，女孩兒留在家裡。農村挖井，男孩兒掉井底死了，他老爹哭得死去活來，恨不得當初下鄉的是女孩兒。鄰居就說，他那一家人都不是善茬，看他們對老祖母那樣，打來罵去，七老八十的老人了，整天破衣爛衫坐在河邊抹眼淚。活該他家斷香火。

中國人講報應。少凡不以為然說：「小時候有一次，下雨了，沒帶傘，衣服都濕了，他就指天對地跺腳咆哮。祖母說：『反了，還敢罵天！』」少凡繼續罵，老太太惦著小腳滿街追。「你媽媽也不管你們嗎？」汪彤有一次問。「我媽媽整天抓革命促生產還能有時間管孩子。」「那你那些姐啊妹的呢，都怎麼辦？」汪彤說。「她們不是我的親妹妹，」少凡低頭道，「是後來這一家的。」汪彤想起來照片上的闔家歡，卻原來是大合併，一家都是女孩，一家是獨生子。天造地設呢。那麼他的爸爸呢，究竟是怎麼回事兒？少凡不想講，模模糊糊反正就是不在人世了。從來沒見過這麼多錢，少凡說起媽媽。上次回去，換了一千美金零花交給媽媽。老媽拿著磚頭一樣高的人民幣不知道往哪兒放，抽屜，床下，屋子裡轉悠一圈，像個失憶的魔術師，不知道該把手裡的一摞錢往哪裡變。少凡笑，這錢還多啊，兩頓飯就頓了。

巴地走過來，頭搖晃著，臉上是蜂蜜加苦瓜，有點兒又苦又甜。愛德華笑著說：「慶幸你只一個女兒吧，要不然就傾家蕩產了。」「現在就傾家蕩產了，」巴地說，粗粗的嗓音像蘋果樹上的樹皮。他剛才站在樹下，小猴採果一樣從樹上扭下來一個蘋果，朝汪彤舉著，問她要不要。汪彤搖頭，巴地就從身上摸出水果刀一下一下剜著「呀嚓，呀嚓」地吃著。婚禮操練的正如火如荼，音樂小鹿一樣在空氣裡跳。「Here comes the bride, short fat and wide.」愛德華嘻嘻地哼著，得意好端端的歌詞給他唱成了打諢插科的小曲。

「你什麼時候也來個婚禮進行曲啊？」巴地衝著愛德華笑。「我早準備好了，」愛德華說，「就看她的了。」美國人就愛開玩笑，給你們要一回好了，汪彤也跟著笑。「說實話，」愛德華說：「要是真結婚，我倆還真是個拎不清，美國人是新娘辦婚禮，中國人正好相反。」巴地說：「那好，彤只出人就行了。」

17

「你說這閃婚到底怎麼樣呢？」汪彤問雪雁。「怎麼，你要閃婚了？」雪雁道，電話上聽不出是啥意思。汪彤就說，「不行嗎？」雪雁是準媽媽了，懷孕待產呢。「告訴你說吧，」雪雁答：「哪種都有好的，哪種都有不好的。你看那認識好久結婚就不行的，也有那沒認識幾天，結婚就真不錯的。」汪彤說：「先結婚後戀愛，跟李雙雙一樣。臺灣也有啊。」雪雁說，「那個羅大佑啊。」汪彤問，「就是唱〈光陰的故事〉的那個？」「對啊，」雪雁答，「跟女朋友相戀十一年，一結婚一年就結束了；還不如人家閃婚的時間長呢。」

晚秋的陽光照在房屋頂上，蘋果樹梢上，愛德華的臉上。他的高鼻子上被鍍上一層金光，人就給照成了一座希臘雕像。走在他身邊，彷彿模特架子變活了。性感原來觸手可及得令人興奮。真是人不愛美，天誅地滅。老祖宗大概早體驗過了。人和人像星際與星際相會，汪彤覺得她跟少凡是在同一個軌道上的兩顆恆星，相伴而行又相撞。相撞是不得已，可是有時候反彈回來反倒更近也說不上。當然也有可能撞過頭就失去彈性了。

那天他們坐在床頭的畫面又在眼前飄蕩。所有的交會都像書頁，只有這一幕像木刻，印在汪彤的腦海裡。她也記得他問她的語氣，「那麼學生簽證到什麼時候為止呢？」那一次少凡問起來。「十月金秋呀！」汪彤答。金秋已經到了，甚至已經過了。

這一天，汪彤在報上看到一個聘請廣告，哪都好就是要身分，因為是州政府的鐵飯碗。愛德華就說：「你去試，車到山前必有路，有路必有豐田車，你嫁給我不就行了？」面試三句下來竟然真的給她拿到了。愛德華興奮地揚著手裡的簡歷倒好像被錄取的是他自己。那上面明明寫著要三年經驗啊，愛德華朝著老媽比劃著，彤一點經驗沒有竟然給她了。簡妮站在窗前看著他們兩個，臉上的笑容和窗外的陽光一樣明亮。來之前愛德華就對汪彤道：「我媽媽說了，我們家是不贊成同居的，要就結婚。」汪彤明白。

真是得來全不費功夫，「你現在想結，立馬就可以結，」愛德華說：「我老爸就可以給咱們舉辦婚禮，牧師有許可證的。」汪彤點頭。一切都是偶然，一切都是必然。《初戀的回聲》裡的這句話似乎就是給她寫的，怪不得當時讀到心裡一跳。我們是在彼此為別人培養妻子和丈夫。她對著星際嘆道。

婚禮選了附近的教堂。還是要正式點兒，哈里說：「即使不要大操大辦，教堂還是要個像樣點兒的吧。」穿了西裝的哈里更像職業牧師。汪彤站在鏡子前想來想去還是挑了一套紅色的裙子。紅的喜慶，媽媽的話響起在耳邊。「我們都去不了，」媽媽電話上交代，「你就自己代表自己吧。」

「要不拍個婚紗照在報紙上登一下？」簡妮試探道，婚紗可以去租。汪彤不吱聲。愛德華把下午兩個人逛街買來的戒指拿出來給大家看。一顆白珍珠，一顆黑珍珠，兩顆嵌在一起，配一對同樣設計的耳環。簡妮看著沒說話，手上的白金鑽石戒指閃閃發光。愛德華就說：「照彤的意思一個指環就夠了，這個珍珠戒指都多餘。可是這兩顆珍珠多特別啊，一黑一白，一個代表彤，一個代表我。」汪彤笑，說：「中國人連指環都稀奇少見，更別說珍珠和鑽石了。」「那他們怎麼知道是結婚了沒有呢？」愛德華好奇。「就知道。」汪彤說，「就像春天來了，知更鳥就會站在草坪上。」愛德華笑，就像園子裡的菜剛冒出頭，小鹿就來了一樣吧。「你打過鹿嗎？」汪彤問。「打過。」愛德華點頭。「打中了嗎？」汪彤又問。「沒有，」愛德華搖頭，「但是很近距離地相過面。」愛德華說，「小鹿就在槍口，那麼溫順的眼神盯著你，手就軟了。而且再也不想打獵了。」

現在他們站在燈光下，教堂的彩色玻璃襯托著四周環繞上五彩斑斕的色調。教堂所特有的神聖氣氛令人興奮又拘束。簡妮走過來，遞給汪彤一朵鮮花，粉白色玫瑰，還帶著水氣，給她別在胸前。愛德華的胸前也別著一式一樣的花朵，只不過是兩朵，而且比她的大。愛德華一身藍色的西裝革履，像從《幻想之愛》裡走來，當然要比法蘭克・辛納屈還年輕英俊。蜜雪兒做女儐相。這個能幹的未來小姑有點英雄無用武之地，沒有婚紗長長的裙裾要幫忙，所以兼代花童，就等著往新娘身上吹泡泡撒大米。男儐相是瑞克，他顯得特別煞有介事，身上的西裝讓他看起來很正經。他拍拍愛德華的肩膀表示贊同和祝賀。一切準備就緒，哈里拿起了聖經。

哈里鼻子上的老花鏡在燈光下閃爍著端重慈祥的光芒。中國傳統裡結婚要有好命婆，既要上有父母還要婚姻和睦有兒有女，那麼婚禮由哈里主持就再合適不過。哈里的父母都八十高齡了。再加上兒子如老爸這句話也能驗證的話，愛德華就算成不了牧師，廚師加園藝師就夠了，汪彤想。

哈里每次見到汪彤就像見到朱麗亞的食譜大全，翻開來，第一個問題永遠是「番茄炒雞蛋到底要不要加水？」汪彤就像答錄機一樣重複：「不要，番茄裡面的汁就夠了。」哈里就一聲不吭站在那裡揮動鍋鏟，臉上是沒有表情的，有的是空氣裡淡淡的焦糊味。直到有一天汪彤終於忍不住，也站到爐子旁，一看就笑了。「要用不粘鍋，」汪彤說，「你這個鋁鍋炒蛋就要加水，不然全糊了。」哈里這回也露出了笑容，「我說這雞蛋炒番茄怎麼總是跟我作對呢？越炒越乾又不讓加水。」在一旁作畫的簡妮只會笑著看，說：「不會做的人沒權利品評，哈里做什麼我們吃什麼。」態度好。哈里說：「好太太，真是意氣相投。」簡妮撇撇嘴道：「你沒看中國餐館裡的生肖圖嗎，那上面都說，我們跟本都不和配，還意氣相投呢！」哈里就哧哧地悶頭自己笑。

如果相愛的父母是兒女婚姻的有效預測值之一，汪彤有理由相信她跟愛德華的婚姻也會如此。此時愛德華的手溫暖厚實像給她希望和應允。你如果不想工作，愛德華早先就說，你可以不去工作，我養得起你。汪彤就笑著不吱聲。當然你隨意，愛德華又道。

不管是晴天還是雨天，我願意愛你直到永生。誓詞莊嚴聖潔，人像鸚鵡學舌，夢裡一般雲裡霧裡只是跟著重複。「從今而後，不論是好是壞，是窮是富，我將愛你服從你，直至永生。」汪彤突然一愣，愛德華也注意到了，捏了捏她的手像是說：「不要害怕，大家都是這樣重複的。」

「現在新郎可以親吻新娘了。」哈里宣布。愛德華低下頭來輕輕地吻她。他的嘴唇柔軟細膩，她剛才的神經質彷彿又像揉皺的絹綢給撫平了。如果眼睛是心靈的窗戶，吻就是大門。如果一吻可以訂終生，汪彤是願意走入愛德華的這扇大門的。

泡泡在空中飛舞，大米在頭上肩上飛舞。大家歡呼，擁抱。瑞克走上來跟愛德華握手，「祝賀你！」瑞克真誠地說，「我現在知道跟寇特妮該怎麼做了。」

「去婚宴吧！」簡妮提醒大家。婚宴就在不遠處的餐廳。半凝軒聽起來像書房，其實是一家義大利餐館。綠色的房頂像城堡，印著大大的白色花體字母。義大利餐館裡有一種小吃，發音近似油雞，當然不是雞也沒油。是馬鈴薯泥做出來的麵食，很有咬頭，小小的一個一個像意粉貝殼，吃也吃不夠。一夥人走進去，早先預訂好的食物端上來。當然有這道溫馨可口的「油雞」。「開吃吧！」哈里宣布，「今天最好的時刻之一，而且不用我動一根毫毛。」一夥人都笑了。

等到大家各自散了回家。愛德華挽著汪彤的手回到住處。進門之前，愛德華停住了腳，彎下身來伸出雙臂，說：「我來抱你進去。」豬八戒背媳婦，汪彤心裡電光閃過。她早聽說過美國人新婚要跨門檻一說。房間像黑匣子，只在門窗的縫隙中透出燈光。愛德華在月光中把她抱到床上。

電光持續，愛德華的激情一如既往。雲際霧靄，她在天空中飛，眼淚也跟著飛出來。一個晚上她的心情像過山車，只等到夜深人靜，她才感覺到清醒。他剛才抱她進屋，讓她想起另一個熟悉的背影。那次下雪，她不想沾濕了鞋，少凡背她從樓梯口到車門口。「豬八戒背媳婦了！」少凡叫著。聲音裡有種快樂，是小孩過年看到糖果的歡喜。那一次她偏要去洛麗工作，少凡就說，「你走了我怎麼辦？」然後就說，「這輩子，有我的就有你的，行了吧。」汪彤也不知道為什麼此時要想起這些，可是眼淚就是不聽使喚，擦了流，流了又擦，流不完的流啊。愛德華愣著跪在床頭，想要替她去擦眼淚。「不要管我，不要管我。」她哽咽著撫開他的手。

隔天早晨，愛德華一身上班的裝束站在客廳裡，他打著領帶，對汪彤說：「這封信寄不寄？」信是結婚證申請，如果一個星期內不寄回去，婚姻就算自動取消，無效。一般都是牧師直接寄，但是哈里要他們自己寄。「你要我寄我就寄。」愛德華像守衛門樓的士兵，衣裝筆挺等待命令，道：「你如果不願意寄，我就不寄。」

18

隔天晚上愛德華下班回來了。卸了一身行當的他搖搖晃晃地從廚房走過來。汪彤正站在窗前的茶几旁擺弄照片鏡框。鏡框是雪雁送的禮物，一式兩個，鑲金邊嵌著鏡子一樣的琉璃，可以照出人影，拿起來也很厚重，要輕挪慢放，像石膏像。汪彤扭身，正好看到愛德華走過來的身影。然後心裡的某處像被雷電擊中，一個激靈差點沒把她變成石膏像。她愣在那裡，潘朵拉的盒子敞開了——她不愛他啊！

她跟少凡說話，某一句也許不願聽，甚至反感，但是從來不是厭倦。她回頭望向愛德華的一瞬間，愛德華說得什麼都不知道，但她卻清楚地知道流動著的是厭倦。激烈的言語和行為可能不是歡喜平和，像佐料裡的辛辣令人咳嗽流眼淚。厭倦卻是無滋無味的藥。除非有病誰願意吃藥啊。結婚像光，婚禮是照相機，快門一按的瞬間情感立馬給映照出來了。從前的人怕照相，見了照相機要躲，原來是有道理的。汪彤像個木頭人，怔怔地站在那裡，底片上原來沒有她所要的東西。

星期五了。晚飯後，愛德華照舊在另一間屋子裡上網。笑聲咕咕地傳過來。「有趣吧！」他願意指給汪彤看，「聊天室的這些人可好玩了，你也上來跟他們聊聊。」汪彤不感興趣，隔著十萬八千里的這些人說些什麼做些什麼跟她有什麼關係。她是不上網的，她用電腦就是玩遊戲和發電子信。她打開郵件箱，信箱像混凝土立刻把她變成了一堵牆。少凡的名字在跳躍。是混凝土攪拌機，一圈又一圈地旋轉。深色的新郵件彷彿是有味道的，塵世的泥漿味道。汪彤盯著那名字，像做飛機，暈眩又上升。這個遙遠而親切，陌生而熟悉的名字，她有多久沒有看到了，兩個月，還是更長？她盯著那信上的話語：「我想念你。回來吧，我要跟你結婚。」汪彤的心像給熱水燙了一下。腦子給錘子敲了一記。那白色的信封，擱在書架上躺了三天的結婚申請書，那天早晨愛德華剛剛給發了出去。

就算婚姻是愛情的墳墓，可這也太快了吧。不是七年之癢嗎？她這可是七天還不到啊！汪彤驚異，腦子麻木，自己都不知道怎麼想了。她打電話給雪雁。雪雁一聽，道：「不行這樣的。你這才幾天就厭倦了？」汪彤聽得出雪雁那話中的口氣，可是不管了。「天天吃一樣東西，你說會不會厭倦？」汪彤說，「我這幾天，天天麵包、熱狗、義大利麵。大米飯都成了稀有食物。熱狗肉丸子這種東西爬梯上吃吃還行，天天吃不變熱狗也變小丸子了。以前都是少凡變著法做，還配湯。愛德華連湯是什麼都不知道，更別說做了。」雪雁說，「那怎麼辦？」不是巧婦，有米也沒用，更別說沒米呢。接着又嘆口氣道：「要不找餐飲公司好了，可以讓他們按要求做好飯菜，送上門來。」汪彤說：「那不得有錢嗎？愛德華沒錢，倒是有一大筆債。」大學貸款帳單上一串零。她還是第一次看到美國人的帳單，原來上學要交這麼多錢。當初還笑少凡銅臭氣，一上來就說自己有錢。才知道原來真有沒錢的。沒錢卻過得跟有錢一樣瀟灑，買東西上館子一點兒不遜色。雪雁說：「美國人不一樣的，超前消費的文化。再說了，一般人念大學都會有筆學費，醫學院的更厲害呢！畢業好幾年還在還債的都有。」

「還有家裡的空調，」汪彤說，「都成了我們倆的受氣包了。我擰完他擰永遠不得安寧。」雪雁說：「你嫌冷就加件衣服好了，人家美國人熱量高你又不是不知道，你總不能讓人家整天光身子在家裡溜達吧。真弄得跟第三世界一樣滿世界光膀子你又要叫沒品味了。」汪彤不吱聲，想起以前少凡，空調機她說多少就是多少，冬天省電少凡就披個老棉襖坐在那裡。夏天睡覺也是不開空調的，開窗透風。愛德華一聽窗戶敞著，立馬否決道：「又不是原始社會。」

事到如今汪彤也覺得有點兒像原始社會裡的母系跟父系在打爭奪戰。雪雁沉默了片刻，終於說：「我覺得你是沒有讓這段感情沉下來，兩段連接得太近了。你要閃婚，我就不太贊成，但是看愛德華也不錯，人又好，也就算了。要珍惜緣分，你就好好過吧。母系也好，父系也好，只要是和諧社會就好。」

汪彤沒有說話。她要是能和諧早跟少凡和諧了。

下面的話到了嘴邊又憋了回去，都能想得到雪雁會怎麼說。她睡覺一貫不老實，拳打腳踢像練武。手臂像鑽井專門往人家後背底下鑽。每次少凡給她弄醒了，總是輕輕地把她的手臂拉開，生怕把她弄醒。有次她睜開眼看他盯著她的樣子，知道又是給她弄醒了。「反正睡不著，看你睡吧。」少凡說。汪彤就笑了，轉過身來說：「那我抱你睡。」然後兩個人就排成一個雙S，繼續睡。如今可好，每次都給愛德華弄醒。

「天啊，你看你把我推哪去了！」愛德華站在地上叫。「三更半夜啊！你還要不要人家睡覺了！」汪彤生氣道。下次好，愛德華不發表長篇大論了，乾脆反擊，以其人之道還制其人之身，也把她推得遠遠的。汪彤就更生氣。隔天醒來，兩個人辯論。愛德華哭笑不得，「我一直躲一直躲你還是拼命推拼命推，你這麻桿胳膊哪來的那麼大勁兒呢？」汪彤就說：「我睡著了，根本不知道自己在幹什麼，可是你再來推我就不對！你把我弄醒兩個人誰也不用睡了。」這是個車軲轆戰，是個沒有輸贏永遠也打不完的戰役。她試著抱著他睡，手臂卻像搭在山上，一個晚上都在爬山累得氣喘吁吁再加噩夢連連。山上有動物，毛絨絨的腿像裹了毛毯又熱又扎也不用睡了。雪雁會跟她說，那麼分房睡好了，你看那些美滿的婚姻很多都是這樣的。可是人家那是老夫老妻了，她這才新婚燕爾就分房睡。真是同居不是回事兒，不同居也不是回事兒，她哪裡知道，結婚會令吃飯睡覺這些基本營生成為民生的大問題。

最令她不堪忍受的是愛德華喝酒。看他往電腦前一坐，啤酒一瓶就端了起來。鍵盤「劈劈啪啪」一陣響，啤酒瓶「咕嘟咕嘟」幾口，再朝著螢幕「哈哈」笑幾聲。網海一聲笑，那桌子底下擺滿的酒瓶都跟哨兵一樣晃一晃。汪彤就說，「以前沒見過你喝酒呀？」「那是在我父母面前，」愛德華說，「他們不喜歡我喝，而且聖經上也有講究，所以我從不在他們面前喝。到現在他們也不知道；啤酒就是麵包。不像白酒傷人。」汪彤對酒一竅不通，他說什麼是什麼。可是又對愛德華的話不滿，既然是這麼好的麵包為什麼還要躲躲藏藏。

待她平心靜氣坐下來，彷彿又能理順些思緒。其實她所懷念的是一種氛圍和心態。比如早晨起來，她跟少凡在一起的時候，房間裡有一種隨意，比如夏日空氣裡流動的溫暖，小時候家的感覺，蔥花爆鍋的香味，熟悉親切。跟愛德華在一起要像兔子一樣時刻豎起耳朵。她還從來沒注意過英文中的你我分得如此清楚，mine就是我的。一盤菜是你的，連盤子也是。

瑞克來拜訪，一進門就拿腔作調道：「Honey，我回來了。」愛德華哈哈笑，汪彤也跟著笑：「才不是蜜糖，Miller還差不多。」瑞克就又盯著桌子上的酒杯笑，說：「啤酒還裝酒杯。」愛德華嘿嘿兩聲，頭朝著廚房晃，意即都是汪彤的主意。瑞克的話差點沒冒出來，「老兄，你算是給吃定了，誰讓你得了黃熱病，東方不敗，就是喜歡東方女孩子。」愛德華說：「你沒試過，要是試過你也逃不過。就像勞勃・狄尼洛專門喜歡黑美人，你就是喜歡，說不清道不明。」瑞克見過愛德華的初戀女友，那個韓國女孩子。兩個人好著好著，突然有一天女孩就說，咱們分手吧，然後再過兩天就出嫁了；新郎是誰不重要反正不是他。

瑞克點頭，說：「不容易，你說東方女孩到底有什麼好，讓無數白哥哥竟折腰？」愛德華說：「祕密嗎？我來告訴你。」然後喘口氣說：「就是維多利亞的祕密。不過，她們的確不同。漂亮，也說不上來哪兒漂亮。皮膚好是真的，摸上去很光滑，跟嬰兒一樣。生氣都好看。彤一生氣，我就在旁邊樂，她越氣我越樂，她不知道她生氣的模樣有多可愛。」

「生氣？」瑞克說：「寇特妮還真沒怎麼見她生氣過，都是給我講道理，要不去跟她的狗狗保羅．紐曼講道理，都講不通就跟心理醫生去說了。生氣這種事，太小兒科了，她才不幹。」愛德華說：「是，所以彤說美國人永遠也不會喜歡《紅樓夢》，裡面個個是氣包子，小氣鬼。不生氣就沒有故事了。」瑞克說：「什麼紅樓夢？裡面有駭客嗎？」愛德華笑：「有，我就是。告訴你吧，駭客這種電腦上的小玩意，彤都覺得很了不起．還有那些天王海王獵戶星，這些東西七歲我就知道了，可是彤就覺得了不得。」愛德華說著，手點擊著桌面「嗒嗒」響，意即這麼好的英雄給你當，你不當不是傻嗎？瑞克點頭，似乎是明白了。

廚房裡一陣香味傳來，愛德華就說：「還有一點，你沒嚐過彤做過的飯。」「嘗過了，」瑞克說，「餃子嗎？」「不是。」愛德華說，「那不算，你沒試過她做的真正中國菜，牛肉芥藍花，比餐館裡好吃一百倍，魷魚白菜鮮得要命，都不知道魷魚會這麼好吃。番茄炒雞蛋，我爸最喜歡這個。還有一個排骨蘿蔔湯，有一種香料，七角還是八角，放上立刻化腐朽為神奇。從前我最討厭蘿蔔了，現在恨不得把鍋都端了。」瑞克點頭：「嗯，我知道了，你老兄是愛上了人家的廚藝，算你幸運找到個廚師。」愛德華說：「沒有，彤說她這點兒手藝太不算什麼，叫個中國人都比她會做。」「哦，就衝這點，」瑞克說：「我也要找個中國新娘給我做飯。省著我老站廚房，寇特妮還嫌我就會沙拉拌醬烤漢堡。」愛德華說：「你就只好輪到下輩子吧。」

瑞克說：「都是好的，那你還皺什麼眉頭？」愛德華說：「那是在替我家的這些個受氣包抱不平，空調就不說了。其次是垃圾桶，好好的垃圾袋不用，偏要用Kroger帶回來的免費食品袋，弄得半吊子掛在垃圾桶裡，她可是不收。洗碗機也是不用的，洗碗機擺碗不洗碗，多餘的廁所也不能用。」瑞克聽著，老貓一樣瞇縫著眼睛笑說：「有你這個洗碗機不用可是白不用，還省錢。」

愛德華說：「別提錢了，為了我的一個午餐現在還跟我吵呢！跟同事吃午飯的收據給她看到了，哇，眼睛睜得跟牛一樣說：『吃什麼午餐要七十五塊錢？』我說，那是兩個人的價格。這下更生氣了，說：『那麼多的債沒還，還敢請人吃飯。』愛德華搖著頭道：

『那人家上次請我，這次我回請那不是太正常了嗎？』彤更來勁兒了，說：『沒有你這樣庚吃卯糧的，真是債多了不愁。』」瑞克笑，說：「她要是知道我連電腦都是貸款來的，還不得嚇飛了，跟彼得潘一樣，從此到歡樂島上不回來了。」愛德華說：「是啊，歡樂島去不了，健身房也不讓我去，說在外面跑不是更好，空氣還新鮮，上什麼健身房，交那麼多錢，蜻蜓點水只見交錢不見人去。」

愛德華做思考狀，說：「其實說穿了，種種的種種都是節儉，中國女孩節儉。不要大鑽戒，還能跟你鑽樹洞。不吸煙不喝酒沒有壞毛病。」愛德華揚了一下手裡的酒杯，得意道：「要是老美女孩看我這麼喝酒，早讓我上戒酒協會了。彤可到好，連戒酒協會是什麼都是第一次聽到。」「那可是便宜了你小子，」瑞克說。「那是，那是。」愛德華連連點頭：「所以她跟我吵架，我不吵。她生氣，我不生氣，不生氣還樂。上哪兒去找這麼好的女孩兒跟你鬥氣啊。可愛又聰明，自己的事情不知道啊，反正我有疑難她倒是挺會出主意，還說，美國的心理醫生是最多餘的行業。心理醫生最需要看心理醫生，你有什麼不開心的事？說出來讓大家開心一下。你說，我聽，包準不收費還免費提供建議。這可好，將來的預算都省下來了。美國女孩子哪裡懂諮詢，只有她諮詢你，或者你送她去諮詢醫生。中國女孩除了聰明可愛，還會打扮更會做飯，學位一大串，比我高好幾個段，現在為止，除了錢沒比我多，其他都超過我了。你說不找中國女孩你傻啊！」

愛德華後面的這幾句好話都給汪彤聽到了。她先是可憐自己，然後又可憐愛德華。這兩個小菜就給他樂得到處吹噓，她別說吃，看都不想看。怪不得廚師都光做不吃，實在是吃不下去，自己那點兒手藝，一點兒想像空間沒有，不用嚐都知道什麼味道，算了，免吃了。從前跟少凡在一起，兩個人比賽看誰會做的菜多。她現在寧願愛德華比自己會做得多，可是人家最會做的就是肉丸子義大利麵，最拿手的還是義大利麵肉丸子。紅彤彤的一片番茄醬，想起來肚子都會猛冒酸水。汪彤又盯著自己的手發呆，從前這雙手是要看書塗指甲油的，洗碗的事從來跟她不相干。讓愛德華洗碗，還不夠他叫的呢，看他洗也是礙手礙腳，自己洗算了。人生如果每一段時光有各自不同的生活，那麼她寧願跳過這段。

「心裡有一個謎，不知如何說起。夢裡有一個你，我的心又起漣漪。心裡我問自己，是否能忘記你？夢裡再見到你，我知道我不能沒有你。」鄧麗君的歌聽得她心裡難受，興奮又難過。少凡信上的話又在眼前跳躍。「你知道嗎？」少凡說，「好多次睡熟了，總以為你還在我身邊，伸手去摸，才知道你不在。」汪彤想想眼淚就出來了。她自己又何嘗不是呢？去看電影，好幾次伸手去握胳膊，側頭想說話，都以為是少凡，手要拍到肩膀了才發現不是。跟少凡看電影，她要看什麼就是什麼，少凡不喜歡就在旁邊睡覺。愛德華也陪著看，一邊看一邊說，這麼難看，受罪啊，回家你做飯。倒好像她本來不做飯。

「心裡我問自己，是否能忘記你？夢裡再見到你，我知道我不能沒有你。既然兩情相願，為何不能見面？」她可以不去見少凡，可是那樣活著還有什麼意義呢，生命的盡頭已經看到了。她現在已經很少跟愛德華做愛了。「你都不跟我擁抱了，」愛德華抱怨道。想想兩個人的熱情也像「過山車」，婚禮就是峰頂。以前他們在一起激情可以燒斷火焰山。那一次她去公司跟他吃午飯。會議室空曠無人。午飯吃完了，他就忍不住了，還是「後進式」。愛德華安慰道：「外面看過來也會以為我們在鬧著玩，或者擁抱。」她不敢叫，憋著笑，看他把那「寶物」射進剛吃完的涼拌捲心菜小盒子裡。又一次在高速上，他開著車，手卻伸到她的大腿上一個勁兒動作。惹得旁邊的八輪大卡車「嗶嗶」猛按喇叭。最厲害的一次是路上開車，開著開著情緒來了，拐進路口，竟然是教堂的停車場。不管了，後座上翻雲覆雨起來。多像從前的大學，夜幕降臨子夜時分，專門有人到大操場的旗杆下面做愛。想像一下白天這裡的情景啊，升旗儀式的隆重，攢湧的人頭。嗯，要多刺激有多刺激。

想起雪雁的那句話，「他的那個好大。其實真大不說大，而是你覺得很滿吧。」愛德華願意這樣問她，倒是比較關心她的感受。不像那個吳博士，上來就說：「我的那個很大。」把她氣得半天才想清楚他在說什麼。男人喜歡女人大胸脯估計也是這個意思，異性相異的極度膨脹。原來真是這樣，原來真的可以這樣，她有時自己想想都會笑出聲。可是現在，這些個大啊小啊跟她有什麼關係呢？一點兒也不吸引人。就像電腦，如果可都，誰都想要個蘋果Macbook Air，流線超薄，快速美觀。沒有這些，只有快速最實際，裡面的硬體才是真的，其他的超薄超厚流線直線實在是得之我幸不得我命的表象。

她現在明白了為什麼有人婚禮上會怯場，有人結婚兩天就出狀況。逃跑新娘是還沒聽到結婚的鐘聲就看到了終生；兩天就出狀況的是聽到鐘聲看到了終點。鐘聲就是跟你說，你要跟一個人過一輩子了。電光閃動，汪彤想起婚禮上宣讀誓言的一瞬間心裡的震動。一輩子不是一月兩月，一年兩年，而是地老天荒，永遠永遠。結婚像釣魚竿，一下子把下輩子釣到了你眼前。誰沒事兒會想那麼遠啊，像她這種整天雲裡霧裡天馬行空的人，別說下輩子，就是這輩子也沒想過啊。她跟少凡在一起的時候，少凡隨意。兩個人去買菜，他排隊她翻雜誌。雜誌上的模特搖曳千姿，她就幻想著自己有一天也是這樣的。少凡就說：「那當然，你穿什麼都好看。」那時候，她正穿著他的淡綠條絨外套坐在那裡。少凡就拉她到鏡子前說：「哎，你穿什麼都好看，怎麼我的衣服穿著也好看。」倒像是鏡子裡的人跟她是兩個人。如果她是一顆樹，少凡是水，成方就圓。愛德華則是土。見過裝在水瓶裡的植物，沒有土也是可以生存的，而土壤自己還需要水分呢。距離不知道有沒有產生美，距離讓她看清楚些這種狀況是真。其實她最後一次離開少凡，那時就有小小的怯場（Cold feet），所以她走。而愛德華是適時給她遞了一個湯婆子。

她跟少凡很少表達感情，郵件裡思念的話語也是第一次，強度卻是不遜色的。千言萬語不知從何說起，她有太多的話要跟少凡說，可是email上三言兩語哪裡說得清楚。少凡說：「那我去見你。月底我要去州大查資料，你等我。」汪彤說：「好。」

19

十月金秋，陽光燦爛。秋天是彩筆，葉子都給塗抹上了顏色，黃紅相交夾雜著綠。汪彤像突然間注意到季節的變化。秋天也是果實的季節，四下裡到處是圓的鼓的。葉子像鳳尾一樣的樹上掛滿了長豆莢；扁豆角，綠色的大鼓豆角，棕色的小扁豆莢；矮松樹上都結滿了一串串青色的小灰豆——像雪豆；連草都開花結籽了。汪彤把煮熟的栗子裝進口袋，圓圓骨骨的栗子很甜很面，少凡肯定喜歡吃。從前兩個人沒事就愛圍著桌子撥瓜子撥栗子。栗子瓜子之類的零食美國人不屑吃的，嗑瓜子是折磨，Chinese torture愛德華如是說。汪彤卻是享受這些「中國式折磨」。她把它們放進背包，開車直奔州大圖書館方向。這時候，如果有音樂，該是小斯特勞斯的圓舞曲，配上如此的詩句：「今生如果讓我與你再一次相遇，我將緊緊拉住你的手，不再分離。」

遠遠地，汪彤就看到少凡的身影，等她的身影。他是慣於等的，送她回家，等她上樓才離開。她面試，他在外面等。她下班，他開著車長途跋涉來接她；她還記得窗戶大玻璃裡看著他在樓下徘徊等待的身影。她如果寫首詩，題目都是現成的，就叫「等」。

少凡迎了上來，走近她，手掌像畫慢慢在她眼前伸展。畫心是一把滿瑩瑩的小紅豆。「剛才等你在樹上摘的。」少凡說。汪彤心裡暖意洶湧。紅豆最相思。她試想著他站在灌木叢前一顆一顆摘小紅豆的心思，嘴上卻說：「破壞公物。」少凡笑了，指了指圖書館的高樓說：「就在這裡，我們先去查資料。」汪彤跟著他上樓。「陌生嗎？」她問。「不會。」少凡搖頭。他們有兩個多月沒見面了。兩個人一前一後上到電梯裡。電梯很滿，所有的人也好像都是在同一層下。少凡去查資料，汪彤看書，這裡中文書儲藏量是有名的。她翻著，聽著附近講中文的聲音，心裡是溫暖燙貼的，像從前在他的辦公室裡，他忙碌，她在旁邊玩著電腦遊戲等他。查得差不多了，少凡過來找她，說，走吧。

兩個人走出來，少凡用手指了一下遠處，道，離這不遠，Comfort Inn，我在那裡臨時下腳。一路走過去，遠遠地就看得見這叫「舒適旅館」連鎖店的黃牌子，汪彤卻給旁邊的一家樓房的綠色房頂吸引住，是那家叫「半凝軒」的義大利餐館。婚宴的晚餐就在這裡。那晚她迷迷糊糊沒看清楚，現在才知道原來是在這個位置。她的心裡一跳。「為什麼住這裡呢？」她問。「連鎖店有個促銷，就這家有。」少凡說。汪彤不語，跟著進去。裡面是千篇一律的旅館設施，窗臺上還有一個綠色的盆栽。少凡諾諾道：「你的那盆花死了。」汪彤知道是指那盆她在Lowe's買的玫瑰樣的小花，心裡想，整天放在廁所又沒有陽光，肯定了。兩個人並排沿著床邊坐下來。少凡拉起她的手，摩挲著，然後又拉到眼前，像審視綾羅綢緞一樣凝視著，然後生氣似地甩到一邊。一看就是做飯的手，汪彤心想，「就替你說了吧，不做飯，難道要餓死嗎？」「為什麼要走呢？」少凡終於說，臉上一絲不解，「你就那麼住著，我肯定會跟你結婚的。」汪彤說：「我怎麼知道？」語氣諾諾的，心裡知道他說的是真話，她就是給那個前景嚇跑了。下一秒鐘，兩個人已經翻江倒海倒在床上。床鋪像地震咣當咣當響，牆壁也跟著地震。還有來自另一邊的震盪，有人在敲牆壁，伴隨著嘰裡咕嚕的英語叫聲。兩個人忍不住大笑，這電影裡的鏡頭卻沒想到如今會應在他們身上。他的手指輕盈，瞬間她已經高潮跌宕徜徉在雲霧間了。她因為好久沒有這麼放鬆，身體像棉花，周圍是棉花地，她躺在他的臂彎裡軟綿綿地睡著了。

睡了一覺醒來，已經臨近傍晚，兩個人坐起來。汪彤才想起來帶的栗子還沒吃，就從包裡拿出來。兩人一邊吃一邊聊。汪彤這才想起正事，說：「我已經結婚了。」少凡愣住了，像是懂又不懂，眼睛盯住前方彷彿那裡有個隧洞，很長很黑走也走不完。

「我也可以辦綠卡你是知道的，」過了半晌少凡終於說。「一直沒遞申請，就是在等你一起辦。」「我問過你的。」汪彤說。少凡不吱聲了。過了半晌，少凡終於說：「那你跟他到底是怎麼回事兒呢？」汪彤不吱聲。她不想說不喜歡愛德華，也不想說我愛的是你。這些還用問嗎？不都是明擺著的嗎？她也不知道自己有交流障礙，心裡想的表達不出來。甚至認為不需要表達，他如果明白她就不需要表白。少凡看她不吱聲，外面也已經慢慢黑下來了，就說：「那怎麼辦，到吃飯時間了，你是不是要回去了？」汪彤點了點頭。空氣裡彷彿有繩子，拉住她，她想掙脫卻又不能。他的車跟著她的車後，直到她轉彎不見了。

汪彤回到家，愛德華早回來了。「你去哪裡了？這麼晚才回來。」愛德華問。臉上都是問號加驚嘆號。他有感覺，這一陣他們好像失去聯繫的兩個風箏，在空中彼此遠望，線軸還在同一個地方，風箏卻越飛越遠。結婚那天他就有所感覺，她是有所保留的。可是誰結婚不害怕呢？不害怕的是傻瓜，他也害怕，如果結婚是冒險，他願意跟她冒這個險。他也知道她對從前的男友戀戀不忘，可是時間會幫她忘記的。時間是殺豬刀，再偉大的愛情也架不住時空的隔離。他還不知道嗎，當初南韓女友突然轉念嫁給別人，前一天還跟他在一起，後一天就跟別人結婚了。愛情說不清，女孩子尤其說不清。她嫁給我，如今跟她在一起的人是我，這就行了。愛德華想到這些，其他的就全是不值一提的事情了。

愛德華看汪彤悶頭不吭聲也沒辦法，只好說：「媽媽給你買了一雙滑冰鞋，我帶回來了，就在客廳桌子上。」汪彤走近桌子，心裡面無奈又愧疚。如果要走，對哈里和簡妮的傷害最讓她受不了。特別是哈里，對她形同女兒。簡妮更是行動上的巨人，每次看到電視上有滑冰比賽就會打電話給她。「快看，關穎珊在上面呢！」簡妮說，「我最喜歡看關穎珊滑冰了。」

這冰鞋合腳得令人驚奇，汪彤拿在手上不可思議。簡妮從沒量過她的腳，怎麼就知道她穿多大號的呢？汪彤忍不住好奇。愛德華說：「那當然，做媽媽們的特異功能。」「還有呢，」愛德華接著道：「她還知道你節儉，怕你嫌貴不肯要，這雙鞋是她在庭院舊貨出售上買的。不到二十刀，十八刀，還是你們中國人迷信的好運數。她立刻就買下了，說你肯定能穿。」汪彤心裡一陣熱浪，山不在高，東西不在貴賤，有心則重。簡妮喜歡逛院售，說能淘到好東西還真是的。這雙冰鞋簡直就是給她定做的，白色的表皮也是她喜歡的，雖然有些舊。但是冰鞋最不怕舊，舊了才不隔腳，只要冰刀好就行了。愛德華看她不吱聲，就又說：「上次我爸聽說你喜歡做燻雞，連個燻爐也沒有，就去給我們買了一個；你去看看。」汪彤跟他到後院，一個紅色的燻爐擺在陽臺正當中，紅漆在燈光下閃亮熱烈，她便盯著不吭氣。心裡面卻似翻滾的熱水「咕嘟」著七上八下。

剛才路上她一直惦記著先前忘了跟少凡說，因為婚姻太短，只要愛德華願意，她跟他去辦一個婚禮無效解除就行了。如今這些冰鞋也好，燻爐也好真像外星來的禮物跟她有什麼關係呢？還是她是外星人，索性讓愛德華把自己當外星人好了。

她記掛著要跟少凡解釋，就拿起電話打過去，房間鈴聲響個不停卻沒人接。剛才跟著她的車出來，去吃晚飯還沒回來？她想著就轉回到櫃臺。旅館前臺小姐說，剛才他們倆一起出去了。汪彤想這小姐記性不錯，還記得是兩個人。她剛才可不記得這小姐的模樣，只記得前廳裡的聖誕樹上的小彩燈一閃一閃。她只好悻悻地放下電話。

少凡一個人去吃飯，心情五味雜陳，不知道怎麼想好了。除了震驚還是震驚。結婚這個詞像個大秤砣壓得他分不清東南西北。明明這裡以前有個中國店，怎麼就找不著了呢。他站在街拐角轉悠，最後實在拗不過，只好問一個過路的老美。老美用手一指。少凡這才看清不遠處黑底黃字的大大「碧玉」兩字。他剛才站的位置正好有顆大樹給擋住了。那次他跟汪彤來吃早茶就是這家餐館。廣東早茶吃得不盡了然，吃完了還去查資料，也是來州大的這個圖書館。可是為什麼這次來就天上人間物是人非了，今非昔比啊。

少凡走進餐館，侍應生早迎了上來。生意冷清，人像燈，侍應生是螢火蟲。他點了一個牛肉炒河粉加素菜湯。看了一眼蛋炒飯，汪彤最喜歡吃蛋炒飯。他合上菜譜，嘆了口氣。剛才跟著她車後，他多麼希望是跟著她一起回家。像從前那樣，他跟著她的車從校園裡開出來，一起回他住的地方。看著她的車尾燈一紅一閃，她剎車他也跟著踩車閘。直到她的車燈像流星一樣遠逝了。

他的心裡感傷如潮起，耳邊歌聲如水漫而起：

「月亮在我窗前蕩漾，透進了愛的光芒……」

少凡瞅一眼窗外，外面竟然很亮，月亮像有臉，站在高空往人間探頭。

「月夜情境像夢一樣，那甜蜜怎能相忘，細語又在耳邊蕩漾，怎不叫我回想……」

還是在這個圖書館，上次來，他們先來這裡吃了早茶，然後一起去查資料。圖書館樓上一排排的書架像迭障。他拉著她在層層迭嶂裡穿行。穿山甲一樣最後穿到角落的窗口下。窗口狹小像亭子間的氣窗。他摸索著想要「行動」。「這裡怎麼行？」她推他，朝窗口瞥一眼，示意別人能看到的。這麼高看不見。他安慰她，拉起她繼續往前走。「這裡面沒什麼人的，」他安慰著，以前老來這裡查資料，諾大的一層樓常常就他一個人；簡直跟自家客廳差不多。說客廳，角落靠窗就有一套淡綠色沙發。「這地方可以了吧！」他問。她扭捏著，半推半就。他抱她坐上去，兩臂助她用力。裙子像荷葉，她像蓮花一樣上下移動著。「外面天好藍啊！」她故意說，眼睛正好跟窗戶平視。他笑了，拿她沒辦法。她就是這麼個人，正經起來很正經，不正經起來也很不正經。他懂的。因為懂得所以寬容吧。一般中國男人哪裡會容許女友跟別的男人來往，還是老美。上次他要回國結婚也是給她氣昏了，可是他也並非真意，走之前也特別問了她。她要他走，他才走的。她要他回來，他也回來了。女孩子要傻起來一點兒辦法也沒有。他要是不想跟她結婚幹嘛回來，不跟她結婚會跟她一起住嗎？這還不明白。老提問過你的那句話，那也叫問？要問也要人家有準備，跟本沒當回事兒呢，她卻在那兒較真了。真是嚷嚷結婚的沒結成，倒是沒嚷嚷的一下就結了。他倆之間的最大問題就是沒交流，他沒問，她也沒說。要論結婚也應該是他。要知道結婚這麼容易，他早結一百次了，還等到這時候。

「月亮在我窗前蕩漾，透進了愛的光芒，我低頭靜靜地想一想，猜不透你心腸……」徐小鳳的嗓音溫柔而憂傷。少凡邊想邊吃，吃的不知道什麼滋味。

20

汪彤終於上班了。因為是新環境新場所，她關照自己要特別努力。第一周就是新手訓練。丹尼給她介紹資料庫加培訓。同事們都是在這裡工作十幾二十年的有經驗的老手，只有她一無所知，新鮮得像小白菜。茱莉說：「我在這兒幹了二十五年了。」然後晃動五個手指道：「再幹五年就退休了。」提姆算晚的也十年了，提姆伸出兩隻手，手心跟手背像兩個人。「那你跟我一樣，」丹尼插進來說。提姆說：「看不出哇，你小孩不是都上初中了嗎？」。丹尼就說：「我以前不在這裡，要知道州政府這麼清閒保鮮，早不在公司當菜葉了！」大家笑。

「好好幹吧！」老闆對汪彤說：「前途無量。等我們這些老菜幫都回家了，這地方就是你們的天下了。」「中國人接管世界！」提姆嘻嘻道，笑得一臉白牙。老黑子就是敏感，汪彤想，種族身分這種事情她還真沒想到。三句話不到，提姆已經想到中國人佔領世界的問題了。愛德華聽了就說：「那是啊，美國雇人最怕歧視，政府部門尤其敏感。你看你那裡多有代表性，黑的，白的，現在又來個黃的，還是女的。」汪彤想想還真是如此，那隔壁的瑪莉莎大概算是標準的老美代表了。

如果他們都是白菜，那瑪莉莎就是白菜扒開裡面的菜心。大眼睛一眨一眨的菜心洋娃娃，金髮一大把一小把地披下來，簡直跟電影《苔絲》裡的金斯基一樣。就是孕婦的肚子有點不照應美人。美國人也奇怪，懷了孩子自己不要，卻要送人。看瑪莉莎一口一句：「我跟男朋友商量好了，生出來就送人，已經找好了收養人了。」倒好像生孩子送人才是人間正道。汪彤愣愣地聽著，不懂，又不好問。再看瑪莉莎一會兒不停地往嘴裡放吃的，炸薯條、馬鈴薯片、乳酪、大杏仁，餓狼一樣；驕傲的餓狼啊！

時間是殺豬刀，工作就是磨刀石。開頭的幾天更是豬八戒升天蓬元帥，飛也似地過去了。這一天，汪彤下了班，記掛了一天的念頭到了晚上終於可以實現了。她給少凡打電話。少凡也才吃過飯。「吃的什麼呀？」她好奇地問道。「麵條白菜絲。」少凡答。他一個人的時候都是下一子掛麵，再打兩個雞蛋，切點兒白菜絲。汪彤笑：「這幾天都在跟菜幫菜心們打交道，到了晚上又來了個白菜絲。你開回去的路還好嗎？」她問。「沒事兒，」少凡說，「不下雪就沒事兒。報導上有雪，但是沒下。」汪彤想起來兩個人那次在雪路上行駛，也是在從洛麗回去的路上，車頭轉彎跟電子遊戲上的車一樣驚險，前一分鐘滑到路左邊，下一分鐘又衝到路右邊。真是無知者無畏，汪彤說：「如果旁邊有車的話，任何一次轉向都會是天崩地裂啊。」「那是，」少凡說，「運氣好，沒車。」然後又想起來什麼似地問道：「那你現在拿到了嗎？」汪彤明白他問的是什麼，就說：「拿到了，一個月就拿到了，所以能工作了。」「這麼快！」少凡說，「看來我也得找個老美結婚快速拿綠卡。」汪彤無語，聽不出他是認真還是開玩笑。如果當場，肯定要讓他先嚐嚐她的小拳頭滋味。可是，這電話上就不行，看不見，打不著。她盯著電話出神，心裡一絲怨尤，倒彷彿是電話的罪過。如果沒有電話，他就得來，她就得去。

「他憑什麼要來？」雪雁聽了她的抱怨說：「又為什麼要來？要不要我提醒你？」雪雁說，「你現在是有夫之婦。什麼叫有夫之婦？就是有丈夫。知道了吧！離婚說起來容易，愛德華會讓你走嗎？」汪彤不吱聲，心想《簡愛》裡的羅切斯特倒是有妻子呢，為了迴避，簡愛遠走他鄉，可最後還不是回來跟老羅結婚了。雪雁像是看透了她的心思，說：「不要拿你的小說來例證，就是《簡愛》那樣的大愛也還是要等到老羅那瘋妻子死了後才有重逢的天日。」

停了一下，雪雁又道：「大陸女孩是不是太要強了？哎，也太自我？還是文化如此呢？你這樣的情形好像不少呢！你看大陸的那個張導演；你看鞏俐，對他愛不愛？他不肯結婚，她就弄出個新加坡富商。你說他倆愛不愛？張大導跟鞏美人真是天造地設的一對。跟義大利的索菲亞・羅蘭和卡羅・蓬蒂有的一比。可是放到中國就不行啊！或者說中國男人沒有這個氣魄。把貞操看得比命大。什麼時候中國男人沒有貞操觀念了，中國女人就是真正解放了，中國才是真正的強國。美國強大是因為美國人心靈強大，都說美國男人不在乎貞操，那是因為早已經跨過膚淺，升騰了。」

汪彤說：「別老說俺們大陸，臺灣也有啊，那個什麼天王劉德華唯一承認過的女朋友，也是那麼哀哀怨怨的。」雪雁說：「那不一樣，那是女方作過了頭，但是好男人是不一樣的，劉德華後來始終如一就一個女朋友。而且也沒找比自己小半輩子的女人。」汪彤講不過她，給雪雁只能當聽眾，還是個傻乎乎的聽眾。汪彤說：「那怎麼辦，現在這種情況？」雪雁想了一下，說：「你看叫『德華』的都很專一。你跟愛德華到底怎樣？真的就是過不下去了嗎？」汪彤答：「也沒有。就是沒有感覺吧！」「感覺要靠慢慢培養。」雪雁說，「既然結婚成家了，就要好好去維持這個家。愛德華都不介意你的胡作非為，你要適可而止。好好經營自己的生活才是。」

「你怎麼樣了？預產期還有多久啊？」汪彤終於想起來問雪雁。「過了一半多了，」雪雁說：「六個月了，現在喝水都有點兒撐了，不知道以後會怎麼樣？整天吃東西，又不運動，生完不變個大胖子也是個小胖子。」汪彤笑：「不是雪雁是肥鵝了！」笑過後，道：「多運動運動吧，走走路，游泳也行。我現在經常去滑冰，運動產生快感，現在心情也好多了。」雪雁突然想起什麼，道：「你這麼一說，又提醒我，還有個身分問題。你說你怎麼離婚？」「離婚吧，身分半吊子。就算退一萬步，什麼都不要了，跟著少凡重新申請。那這個工作怎麼辦呢？那還得是人家少凡願意像美國人一樣有一顆偉大的心。」汪彤不吱聲。雪雁又道：「你剛才說心情好多了，其實也不光是運動了，你上班也是一個出口。告訴你吧，我要是這樣待下去，非得憂鬱症不可，都用不著等到產後。」汪彤笑。

工作分散精力嗎？汪彤想想她那個辦公室倒真像個遊樂園。聽說過政府部門輕鬆，卻沒想到比共產主義有過之而無不及。一周的工作，兩天就幹完了，剩下的時間自由活動。茱莉每天就是吊在網上，打撲克閒聊，然後是布置居所，把辦公室弄的跟梅西的櫥窗一樣，一年四季，大小節假日全有布置主題。布置完了辦公室，布置自己，別看茱莉徐娘半老，打扮化妝有一手。大眼睛畫得炯炯有神，跟史蒂芬·史匹柏驚悚片《大白鯊》裡的女主角一樣，總像突然發現大白鯊似地驚異地瞪著你。坐下來話匣子一打開就是昨晚QVC上又有什麼好貨當，身上手腕脖子間項鍊首飾「叮叮噹噹」一閃再閃亮晶晶。燈光下，開講某年某月某一天，尤麗絲又幹了什麼好笑的事情。尤麗絲是她的媽媽，蓋因年輕時為愛而狂，跟表哥相戀結婚了，因而為全家族所不齒。看看我這樣子，茱莉指著自己老是大睜的眼睛，說，就是近親結婚的後遺症啊。大家就笑。還好啊，不缺胳膊，不缺腿，提姆說是真愛的結晶。茱莉就嘆氣，然後又盯著自己的手臂，道：「這個手鐲好看吧，上次QVC一出來就賣光了，這次我下手快，真是不錯。」「還是你有錢，」提姆感嘆道：「你如果投資QVC的股票肯定攢。」別提錢，一提錢，立馬按開了茱莉的另一個電鈕。「哎呀呀，我又沒老公，也沒孩子，」茱莉悠悠怨怨道：「尤麗絲也不要我的錢，再不捨得花，難道要帶著走？」

提姆的語錄是「Another day another dollar」，每天早晨一進門，皮包往桌子上一放，就是這句臺詞。「當一天和尚撞一天鐘」，汪彤猜想應該是這個意思。雖然他說這話臉上是看不出一點和尚的表情，不是沒表情，而是皮膚黑得看不出表情。除非他嘆氣跺腳大聲豪氣。大塊頭的他這些都是不幹的，走路像東郭先生，生怕踩死個螞蟻，說話也柔聲細語。整天達令長達令短。某一天對著鏡框裡的照片一指，原來真有人就叫達令，提姆的太座。提姆的任務之一就是跟達令夫人煲電話粥，嘻嘻嘻嘻悄聲細語，細水長流恩愛延綿。

丹尼大概是唯一一個在幹活的。他給汪彤講解資料庫的更新保存與分析，然後寫報告。每個月的州政府失業率資料就是從這裡出來的。就這麼一個能幹的，當然不能給人放過。隔壁辦公室的凱蒂總來找丹尼。如果美國男人有一顆偉大的心，美國女人就有一顆勇敢的心。凱蒂一見到丹尼，就像老鼠見到大米，一見你就笑。丹尼也笑，笑完後馬上說：「我太太今晚要我早回家，我兒子有個籃球比賽。」勇敢的女人剛失婚，有義務向所有的人宣傳前夫的不義。「嫌我的頭髮白了，」凱蒂說，「讓我染髮。還沒染呢，人家就找到新歡了。」

汪彤每天跟他們在一起，像看肥皂劇，忘了自己還有一齣劇碼。少凡打不打電話好像也沒那麼迫切了。或許真像雪雁說的那樣，就這樣下去也許算是一種不是辦法的辦法吧。每天上班樂倒是挺樂呵，可是笑過了，汪彤又要可憐自己。州政府工作清閒歸清閒，只是僧多粥少，清閒也清貧。掙那麼一腳踢不倒的錢，這輩子別想跟銀子親近。而且反正是來做僧，哪裡需要讀那麼多書，過五關斬六將飄洋過海就為了這一天一刀的混飯吃，她要早知道還不如直接削髮為尼了，說不上早就高僧入定了呢。還要時不時聽電視上的精英們喊兩句減稅的口號。跟人家說自己在政府部門工作，就好比《孔雀東南飛》裡的新媳婦談婆婆，愛恨交加啊。

週末了，她跟愛德華照例去哈里的家庭教堂。對著房間裡的裝飾，汪彤又開始遐想。左一個右一個的長頸鹿塑像，大大小小，高高矮矮，侵佔了客廳，這都是簡妮的收藏。再看哈里跟簡妮的臥房，更不尋常。關上燈。愛德華說：「你再看看。屋頂上一閃一閃亮晶晶，星星繞著月牙，簡直就是睡在天空底下，梵谷星空下的夜空。」她覺得心裡的哪個地方被撩撥了一下。她就沒有心思去裝飾打理家裡的這些擺設。什麼長頸鹿、梅花鹿、小狗小貓都跟她不搭界。更別說把臥室弄得跟童話書一樣了。禮拜結束，大家照舊一起去中餐館吃飯。餐館的老闆娘誇獎愛德華的中文標準，人長得帥，最後沒忘了加一句，「看起來很嫩，臉上還有嬰兒肥。」愛德華就氣不過，「堂堂八尺男兒什麼『嬰兒肥』！」大家就笑。

別人笑，汪彤的思緒卻早飛走了。飛到少凡講過的那些故事中。科大某教授一家來自臺灣。太太教導女兒，以後找丈夫就要找你爸這樣的，太太說：「每天上班悶頭幹活，下班回家悶頭不響，銀子全數上交老婆，不挑吃不挑穿，老婆說啥就是啥。」少凡會說：「你看這老婆舒服吧，不上班，每天就是跟和她一樣的太太們聚會聊天，喝喝早茶，吃吃中餐館。」汪彤明白他是在給她薰陶未來的生活模式。她當時沒覺得那種生活有多好，家庭煮婦有什麼令人羨慕的。她如今是上班族了，可是心中卻開始羨慕起那樣的生活。清靜平實，只跟喜歡的人在一起，做自己喜歡的事。幸福生活的真諦原本不是如此嗎？

21

少凡自打洛麗見過汪彤，回來後，心情也算坐了一趟「過山車」，從山頂回到地面。想想他跟汪彤這一段，像霧又像夢，就是不像現實，越想越想不通。想到最後結論還是有的。就是人家現在實實在在，花天酒地還有人陪。只有他落個竹籃打水一場空。想清楚了又開始自憐，他憑什麼就要做孤家寡人孤苦伶仃每天清湯麵條白菜絲度日。他拿起電話撥深圳。

深圳的這個女孩兒，他上次回去見的。其實也沒有什麼情感，才見幾面跟陌生人沒什麼兩樣。可是這個女孩兒實惠，個頭比他高一頭。他還擔心女孩兒會不樂意。人家卻說，妮可・基嫚不是也比湯姆・克魯斯高半個頭嗎？少凡就一愣，當初一溜女孩中看上她，也是因為她鶴立雞群，而且名字特別，有個彤字。果然聰明，一點即通。所以女孩子一提結婚，他也就點頭了。哈，他現在學精了，怎麼樣都先同意了再說。經一事長一智，不就是結婚嗎？女人才怕嫁錯郎，男人不怕。就可惜此彤非彼彤啊，那個彤會三門外語，外加粵語滬語這種方言都不算。此彤卻一門不門。先成家後立業，他就是想成家了，所以就看跟誰有緣吧。電話鈴鈴響個不停，最後進了錄音，此號已經消除，新號請查詢後再撥。新號上哪兒去查詢不知道。少凡拿起電話再撥手機。手機也改號了。少凡垂頭喪氣，走的走，跑的跑，淒淒慘慘切切，倒像他是個大灰狼，別人躲之不及。想想他的要求不高，就是要一個女孩對他莫失莫忘不離不棄。

有月光的晚上，他開車行駛在靜寂的馬路上，四周暗淡冷清，少凡就更加覺得自己像是歌中唱的那樣，是一匹來自遠方的狼，或者至少是《聊齋》裡苦讀上進的書生，專門吸引嬌媚任性的狐狸精，還是羅敷有夫的狐狸精。好端端的女孩子就是看不上眼，小敏跟了他多少年，硬是連碰一下都不想，而那個什麼車站的女孩，看一眼就像給花癡子拍勞了，跟著人家走，當然是走到床上。還有他家鄉的一個遠方親戚，人美若天仙，四川女孩子本來就漂亮，這親戚就是女孩中的瑪麗蓮夢露。就可惜胸大腦子不大，竟然給老師慫恿幾句就出嫁了。老師說，我的兒子人很好，就是得了這個不治之症，如果你肯跟他結婚，說不上就能救了他的命。救人一命，勝過七級佛屠。佛屠不知道，她可憐這老師，跟媽媽一樣對她好，也覺得如果婚禮能救人一命實在是偉大的婚禮，就跟語文課上「刑場上的婚禮」一樣偉大。於是下嫁了，可惜沖喜沒能救了丈夫的命，卻瞬間把她從夢露變成了小寡婦。她來找少凡，少凡可憐歸可憐，真要他娶她，還是不願意的。啥也不為，就是因為她結過婚。

聽過雷哈爾的歌劇吧，不是《快樂的寡婦圓舞曲》就是《風流寡婦圓舞曲》。他沒這個能耐，寫不出來歌頌寡婦的名曲，來一百次也沒有靈感。每回一趟家，她來找他一次。他也永遠是那句話，咱們是近親，不能結婚啊。

汪彤算是少凡的第一個，有感覺也想結婚。可是他想結婚，結婚不想他。結婚只黏他，這一個轉眼沒倆月也變成了有夫之婦。他簡直就跟孫悟空一樣，點石為金，女孩子碰過就變為人婦，跳不出如來佛的這個圈。

22

又到了吃午飯的時間，提姆妹妹鬧鐘一樣準時出現在門口。提姆還在電話上達令長達令短地跟老婆聊天。「趁著茱莉不在，趕緊把飯菜熱好。」提姆妹妹說，「不然茱莉又要嚷嚷辦公室像飯堂，要開窗子開門一陣折騰。」「不許熱魚！」茱莉老早就關照過，「微波爐熱魚就變成養魚池，魚味長上了腥死人！」茱莉叫。微波爐主人說話了，別人還有什麼話好說的。微波爐「嗡嗡」地一圈一圈轉，味道像長了手直往鼻子裡頭鑽。「味道真好！」，茱莉卻從外面回來了，一進屋就嚷道，看來今天的午飯味道的確好。

汪彤聞著卻差點沒吐出來，心裡一個激靈。想起前幾天電話上跟少凡的對話。這個月的『例假』還沒來呢，汪彤說，語氣切切地。少凡說：「你以前不是也有過『例假』過了好幾天，最後都來了嗎？」是有過幾次那樣的情形，洪潮洶湧而至的時候，兩個人就一邊慶幸也有點失望。少凡會說：「看，你還擔心，這不就來了嗎？」

「可是這次一點要來的跡象也沒有，」她諾諾道。「別擔心，」少凡說：「過兩天就來了。」如今十天都過去了。汪彤盯著桌角日曆上的白紙紅字，她身體部位的某一個地方似乎不同尋常。她去診所，高大明晃的落地玻璃窗裡倒影著穿梭來往的人們，像在電影裡。汪彤坐在椅子裡，心裡七上八下也像電影一樣不真實。帶白帽子的護士終於走了出來，說，檢驗陽性，你懷孕了。汪彤愣在那裡，不敢相信護士的話。護士再說一遍，陽性。轉身走了。

半凝軒的綠地白字在眼前晃，「舒適酒店」裡面的牆壁震盪。一切都像在夢裡一樣恍惚而難以置信。她打電話給少凡說：「我去檢查了，真的是了。」少凡沉默了一下，說：「確切嗎？」「當然了，」汪彤道：「醫院裡檢測的。」又像是為了減少震驚，平緩語氣，她停了片刻說：「好像的確不一樣，身體也變笨了。下午去滑冰，一個屁股就坐下了。」「怎麼會？」少凡說，「你自己多疑了。」「不是，我知道。」汪彤說。然後靜靜地等待少凡回答。少凡沉默了一會兒，說：「怎麼知道是我的？」汪彤一聽，血氣往頭頂衝，下面的不來原來是上了頭頂，說：「只有跟你那一次啊，那之前和之後都沒跟他在一起。」少凡說：「你說什麼是什麼，我怎麼知道是真是假？」汪彤火氣終於壓抑不住。她原本希望他會很高興。原先多少次他想讓她懷孕，都沒成功，這次成了，他卻反悔了。她像點燃的火藥桶，大叫道：「這也要說假話嗎？是你的當然是。」少凡喊道：「我不要！」汪彤更加火冒三丈，不聽了，「啪」地一聲把電話摔了。

真是反了，你不要，我也不要。汪彤簡直氣瘋了。她放下電話，心裡的火氣卻一點兒沒少。從來都是少凡聽她的，這次竟然敢造反了。自己的孩子都不要，什麼人嗎？到了晚上，氣焰慢慢消滅了，她又可以靜靜思索了。太大意了，她有些後悔，例假之後不應該是安全期嗎？還有那小包的栗子，真的如此蹊蹺嗎？她好在沒吃花生，要不然還不來個一男一女雙胞胎。誰知道呢，怎麼知道這次的不是。她的手禁不住摩挲著小腹，心裡在熬酸辣湯，甜酸苦辣交織。現在明白為什麼這一陣總是沒胃口，還以為生病了呢，聞什麼都有味。只有酸黃瓜好聞也好吃，左一條右一條，一邊吃一邊讚，從來不知道美國的酸黃瓜這麼好吃。

少凡也許是怕她挾天子以令諸侯。汪彤轉念一想，只要他說要，大不了她一個人撫養好了。她再打電話，少凡這次更是斬釘截鐵一句話：「我不要！」汪彤告誡自己萬萬不可再發火，就柔聲細氣地說，「第一次懷孕就做以後就不好懷了。」少凡不吱聲。汪彤又說：「是個兒子呢，你以後想要也沒有了。」「你怎麼知道？」少凡問。「當然知道，」汪彤說，「『酸兒辣女』，肯定是兒子。」少凡說：「兒子也不能要。」汪彤忍不住道：「那你要怎麼辦？」少凡說，「你去做掉吧，反正我是不會要，從前還差不多，現在這樣你還想著像正常人那樣是不可能的。」汪彤一聽，連罵他都不想了。「啪」地一聲把電話又放下了。

紙包不住火，現在是怎麼跟愛德華說。汪彤跟愛德華說：「我懷孕了。」下面一句就說不出了，讓她怎麼說呢？愛德華卻很高興，嘴笑到耳朵：「真的，好啊。」「先別高興的太早。」汪彤在心裡說，下面的話還是說不出口。這一天，汪彤在廚房裡轉悠，愛德華走過來。汪彤又開始尋思著怎麼開口。電視上正在演電影，珍妮佛・安妮斯頓的角色愁眉苦臉，她懷上了別人的孩子，躊躇著不知道該怎樣跟丈夫說。「哈哈！」愛德華笑，「這下棘手了，看她怎麼辦？」。汪彤盯著電視像看自己，說：「如果那種情況發生在我們身上你會怎麼辦？」「什麼我們身上？」愛德華不在意地重複著，繼續盯著電視。「我是說，」汪彤加重了語氣：「如果那種情況，就是她懷的是別人的孩子，發生在自己身上，你會怎麼看？」愛德華聽明白了，他站起身，瞪大了眼睛：「妳是說妳跟她一樣？」汪彤點頭。愛德華瘋了一樣，「雜種！」「碰」地一聲，他的拳頭砸到了門上，「妳知道什麼叫雜種嗎？這就叫雜種。」他像給圍困住的野獸，在過道裡發瘋地轉圈。汪彤像一塊木樁立在那裡。

「給我他的郵箱。」愛德華命令道，「我要找這個混蛋算帳。」他發瘋一樣衝進屋子，打開電腦，鍵盤像戰場，給他敲得劈啪響。即時對話的視窗出現了。

「你知道你幹了什麼嗎？」愛德華寫道，「我可以告你！」

「她是我的女朋友。」少凡說，「你要好好對待她。」

「曾經是。」愛德華說，「她現在是我的太太。」

「她只愛你的綠卡。」少凡說。

「兩者都是，」愛德華說：「愛綠卡也愛我。」

「你要好好地對待她。」少凡還是那句話。

「作為一個男人，我替你感到羞恥！」

愛德華打完這句話，關機，走人了。

愛德華站起身去櫃子裡拿創可貼，剛才拳頭擂門打得太狠，流出血來。汪彤還是木頭人一樣，無聲地看著這一切不知道做何想法是好。

23

少凡這邊廂氣得要命。真是想得美，跟別人結婚，要我的孩子，這算什麼嗎？跟別人結婚還嫌不夠重磅，這又來一枚炸彈。真是雪上加霜，他正煩惱一堆亂麻才理出點兒頭緒。她可倒好，又來一個懷孕。還要不要人家活了。他那天也是糊塗了，她當時倒是跟他說，好久沒做了，你要慢點。他倒是很慢，可是後來就控制不住了，也是好久沒做的原因吧。也許私心底下就是想要生米做成熟飯也說不上，他去見她本來就是要跟她結婚的。沒想到的是她已經結了。就算她事先告訴他，也難保不上床，這事兒誰也說不定了。

汪彤想來想去也理不出個頭緒，只好又去找雪雁當救兵。雪雁聽了，電話上就說：「你確切嗎？告訴你，女的都沒事兒，當媽的，自己的肚皮裡懷的孩子當然是自己的。男的就不行了，少凡他當然要懷疑是不是自己的。」「肯定，」汪彤說，「先就根本跟愛德華沒有接觸。那之前那之後都沒有跟他在一起。」雪雁沉默了半晌道：「那這個孩子你不能要。你還讓愛德華怎麼做人？」汪彤諾諾道：「我知道。」腦子裡翻過白天跟愛德華的對話。那時她正坐在床上，一邊翻書一邊不自覺地撫摩小腹。愛德華看著，就說：「彤，如果你想要，我會答應的。」然後又喃喃道：「因為你愛他。」他站在地中間，眼睛瞅一眼她，又望向地板的中間。那裡有一塊啤酒灑落的痕跡，像他臉上的痛惜和無奈。汪彤心裡一陣刺痛，無奈地搖了搖頭。她也想過了，可是怎麼要這個孩子呢。這不是明擺著的嗎？她現在明白了瑪莉莎為什麼那麼高興生出來的孩子可以送人。她現在是連送人都沒法兒送。

少凡想不通怎麼會這樣，明明是兩個人的事情，卻鬧成三個四個，五個六個成倍乘積地增加。真是當斷不斷反受其害，當初也許就不該回來，把婚結了，看她怎麼樣。女孩子要是糊塗起來，真就是糊塗蟲一條，腦子給狗吃了！這是什麼時節，還敢要孩子，自己都拎不清呢？再說了就算是正常的家庭也有特殊狀況下不能接受的情況，也是有變通的；不是有女生為了學位不要孩子的嗎？也有男的工作不穩定，讓懷了孕的老婆拿掉的嗎？什麼懷孕？分明是壞運！他現在最不想的就是孩子。健康的孩子先要有個健全的家庭，他不能給她健全的家庭，為什麼要給她不健全情形下的孩子呢？他還不知道嗎，小時候就看著別的小孩兒爸媽圍繞闔家歡樂。他只聽說過爸爸從來沒見過，媽媽也不是常見到，總是在工作，在外地工作，身邊只有外婆。看看他自己如今為什麼成這樣？根本就沒有人給他講過成長過程中所必須的道理和經驗。他自己還搞不清自己在哪裡呢，怎麼去養育孩子？她也搞不清啊，出嫁了又反悔，兒戲呢。以為是「沃瑪特」呀，今天買了明天退。他又不是廠家包修包退。再說了，她這個怎麼退，吃了一半了，再吐出來？你願意，人家移民局還不願意呢。綠卡也不要了，那當初結婚不就是為了綠卡嗎？少凡左思右想夜不成寐，最後的結論還是不能要。

醫生診所不大，紅磚平房，外表看起來跟任何其他的診所沒什麼兩樣。走進去卻很大，好像地下商場，一間套一間。汪彤坐在候診廳裡等，剛才護士給她查了超聲波，填好了表格，現在就是等。空曠的廳裡除了她還有一個女孩，十六七歲少女的模樣，也穿著藍色印花的病號服在那裡溜達漫步。有點兒漫不經心，也有點無所事事。汪彤等的有些不耐煩了，八點鐘等到十點，還要等不知道多長時間。腦子裡的怪想法也跳出來了，聽說過有人做手術，出來了，竟然沒做掉，還要二進宮。哎呀，這不是活受罪嗎？她想著，就想站起來走出去。誰有耐心煩等這麼久。她站起身，也像少女那樣子在廳裡走來走去，蕩來蕩去。心裡也跟著猶豫不決，她可以走出去，可是出去以後怎麼辦？她有能力獨自承擔這個重任嗎？她的不仁還要讓所有其他人跟著一起受難嗎？她又無奈而悄然地坐了下來。不知道又等了多久，輪到她躺在診床上，頭頂垂掛著擺設輕柔地悠蕩著，像天使。她的心在流血，一點一滴地流淌著，她知道。我是多麼地想要你啊，她在心裡嘆息道，可是，可是，我們不配你啊！醫生終於來了。「我叫約翰，是你的醫生。」他彎腰低頭柔聲對她說。她慢慢地閉上了眼睛，眼淚從眼角流了下來。

待她從診室裡一出來，愛德華就迎了上來，臉上都是擔憂。「怎麼這麼長時間？」他急切地問道。汪彤無語地笑笑。兩個人出來，外面已經是晌午過後了。「你餓不餓？」愛德華問。手術後不能吃東西，汪彤知道，就說：「還好，不餓。」她在看不遠處的五六個人。他們舉著牌子在那裡走來走去，老鷹一樣盯著診所的門，診所的後門。冬天的帽子讓他們臉上的表情更嚴肅。汪彤這才突然意識到他們是從後門出來的而不是前門。愛德華說：「我擔心的也是這個，剛才我就想，別碰到個極端的。前不久就有家診所被炸了，醫生也給槍殺了，全美有數的幾個頂尖婦科醫生啊！」愛德華說：「現在剩下的也就一兩個像他那麼高手藝的人了。」醫生是他的一個朋友的親戚。

少凡看看汪彤那邊靜水一般沒了聲音，算是逃過一劫，塵埃落定了。諸葛亮七次西征，他也要三進山城再次回國相親。上次就相了一半給汪彤攪黃了。這次他是堅決不會了，只許她結婚，別人要打一輩子光棍嗎。

老同學小蔡電話上一聽，就跟他說：「要結婚還不容易？國內的女孩子排著長隊等候。」小蔡就是回國找了一個。速戰速決，他說：「回去見個面，覺得順眼有感覺，就行了。打個結婚證，過個把月，女孩子就來了，來了就是太太。結婚生子日子就往下過了。哪像你想的那麼複雜？」小蔡搖頭晃腦，「愛情是啥，愛情不就是感覺嗎？你當時有感覺就是有愛的基礎了，剩下的都會瓜熟蒂落水到渠成的。」少凡知道小蔡說的不假。當初兩人一起做博士後，有一半的時間在小蔡的諄諄教導中度過的。小蔡身體力行，哥德巴赫猜想自身求證，亞非拉美各國友人全都試了個遍，最後找了個中國美眉，結果還是令人滿意的。如今小孩都二歲了。上次回國少凡也發現了，自己原來如此搶手。漂亮的女孩站一溜，等著他挑，簡直跟皇帝臨幸一般，飄飄然啊。所以少凡打定主意，再次出征不信找不到一個理想的佳人。

24

少凡坐在飛機上，窗外的山嵐起伏，像他此刻的心情。快趕上跑單幫的了，不到半年太平洋給他橫跨了好幾次。別人不說，他都覺得自己像那阿慶，就是找來找去找不到阿慶嫂。「這有什麼？」前晚小蔡的話又迴響起來。小蔡夫婦來給他送行，也順便給國內的家人帶點東西。小蔡說：「正好春節，回去過年。」小蔡媳婦插進來道：「再加上結婚。喜上加喜，一定要把新媳婦帶回來啊。到時候咱們一起去旅遊燒烤，多帶勁兒。」小蔡一愣，道：「你不是剛從歐洲回來嘛，怎麼就又想到旅遊了？」「歐洲那地方要多玩幾次才能玩遍，」小蔡媳婦嬌嗲地瞪了丈夫一眼：「像巴黎這種地方更是要一去再去。」「哎喲，還一去再去，」小蔡撇著嘴捂著腰間，「我的荷包疼。」小蔡媳婦說：「那你趕緊給你的荷包療養長肥膘吧，下次我們要住五星飯店。」還養肥膘呢，你當是豬呢，小蔡拿腔作調接著道：「這次住的也不錯啊，就是有老鼠。」「對啊，」小蔡媳婦說，「老鼠過室，俺們嚇得跟木雞一樣。」

「你就知道叫，快打電話！快打電話！」小蔡學老婆的樣子。電話好打，說來說去人家不懂rat還是mouse。「老鼠的法語怎麼說啊？」小蔡拎著電話跟老婆大眼瞪小眼。電視上《貓和老鼠》正稀裡嘩啦上演呢，女兒看得咯咯笑。小蔡一瞧，對著電話機喊：「Do you know *Tom and Jerry?*」「Yes.」前臺服務生終於有一個知道的了。「那好，」小蔡說：「Jerry is here.」

「傑瑞在此！真有你的。」少凡哈哈樂得合不攏嘴。他們一家像表演，好久沒這麼樂了，都忘了這世間還有歡笑這倆字。笑過了他又覺得自己可憐。天下最可憐的人就是像他這樣的人。戀愛結婚在同齡人中似乎都很容易，不是小菜一碟吧，也是蛋糕一小塊，只有他煩惱多得跟窗外的浮雲一樣。小蔡太太說：「你是太理想主義了；而且貪心。」小蔡添油加醋道：「喜歡林黛玉，卻又要寶釵的寬容大度；他們就跟湯姆和傑瑞一樣根本是死敵呀。」少凡想想，上次回去，媽媽也不耐煩了，還說你就讓著點兒她吧。又跟邵峰說，你也讓那個女孩讓著點兒他吧。少凡想，讓汪彤讓他，等著湯姆變傑瑞吧。

有人進出廁所，氣味遊絲一樣傳過來。想想他的性啟蒙還是在廁所裡。少年的茅房，他開門，裡面的女人正往上提褲子。他定在那裡，臉上著火。女人「碰」地一聲把門關上了。性是黑森林，動物一樣的毛茸茸呀。那一幕在他的記憶裡定格。他記得那天的天空，白雲像老熊一樣慢慢地移動。賣吳抄手小販的吆喝聲混沌清亮，像他腦中的印象。女人也像動物，小動物，鄰居的男人說，要有足夠的食物餵養，漂亮的籠子裝。

物資基礎決定上層建築，大學裡的男生說。他明白了，見到第一個心儀的女生，他一定會像歌中唱的那樣，一邊唱「大阪城的姑娘你要嫁給我」，一邊告白「我有銀子啊」。可是汪彤聽了，不但沒反應，好像還有些不屑。看他的眼神倒像是看裝在籠子裡的動物。

成都的天氣冷濕，少凡回到家心情自然放鬆下來。媽媽說：「回來好，聽說你要回來了，劉叔叔老早就給你張羅著介紹女朋友了，他們辦公室新來一個大學生，條件不錯，你一定要看看。」這個劉叔叔也是大學生，當年從上海來支邊，一來就給四川的女孩吸引住了，娶妻生子真成了「留」叔叔。劉叔叔當年在防疫站還有個笑話，他主持聚會表演活動。某一次表演，天氣驟冷，演員們的紗衣絲裙不耐寒冷，只好穿上厚衣服在旁邊等候。輪到演出時劉叔叔負責通知催促。上場了，他開始敦促：「快脫衣服。」上海口音的普通話，「上場了」聽起來跟「上床了」一個聲調。他還不知道，還在使勁喊：「要上床了！快脫衣服！」大家樂得東倒西歪，從此他就多了外號「上場了」。少凡尋思這個「上場留」叔叔會認識什麼樣的女孩兒。

「你要去看，」媽媽說，「這劉叔叔別看他平常愛搞個笑什麼的，看人很準的，人家都想讓他介紹女友還排不上呢。他對上的象都很幸福和睦，女孩子絕對上得了場面，互相留得住。」聽媽媽這麼說，少凡只好去相這個上得了場面的女孩子。

女孩子氣質不錯，也很大方，談吐之間看得出是有教養家的孩子。劉叔叔特別交代過，人家是學生物的，特別有愛心家裡養著好幾隻貓，都是流浪無家可歸的小貓。算算跟她的父母也是老相識。她這麼喜歡小動物，劉叔叔說：「將來到了美國不是正好，可以開一家獸醫院，很掙錢的。」少凡點頭，可是心裡卻搖頭，這女孩哪裡都好，長的也討喜，圓圓的臉，小小的嘴巴，就是眼睛太小了。心靈的窗戶要大扇的才行啊。個子也小巧，嗯，照汪彤的話，他就是豆精，再來一個豆精，又不是豆精家族，衝衝喝肚裡算了。少凡嘴上不說表情還是明顯的。劉叔叔這回算是白忙活一場。

回到家裡，大妹說：「你別急，女孩子還不是有的是，想去美國的女孩子成千上萬，想嫁給美國博士的成萬上千。你要鎮靜，別挑花了眼。」少凡道：「沒挑了，只要看對眼，就這一條了。」邵峰說：「是這麼回事兒，當初大妹看我就是，一眼望過去就認定了，就跟王寶釧看薛平貴一樣。這小夥兒真乾淨啊，白小褂雪白，掖在藍褲子裡，還紮著皮帶。」邵峰豎著大拇指自誇著：「英俊威武又時尚，立馬就答應了！」大妹撇撇嘴道：「哪裡知道王寶釧被巴掌山迷住了雙眼。原來那就是你最輝煌的頂峰啊，現在是白小褂成了黑小褂也不洗，還藍褲子呢，你的褲子根本是畢卡索的調色板，分不出顏色了。」邵峰笑。他這次回來除了過年，也是順道想接大妹的父親和少凡的媽媽去美國。大妹又懷孕了，兩老要去做廚子和保姆。「你也要快點兒生了，」躲在旁邊的二妹也終於插言道：「到時候讓咱媽一起帶。」少凡心頭一糾，說不上是什麼滋味。二妹不大說話，但是這個二妹卻最讓他窩心憐愛。早上見過的女孩子又在腦子裡遊回漂移了。女孩是大妹幫他在

《成都日報》上登的廣告招來的。他先前還不肯。「這有什麼，」大妹說，「都什麼年代了。廣而告之，廣而招之都是行之有效之道。」

這廣而招之的女孩，身材苗條個頭不高不矮，穿著一雙All Star的粉色彈力球鞋，牛仔褲的小腿露出的腳裸部位細緻柔美。少凡心裡一動，想起一句話：看一個女孩兒的腳裸就可以判斷是不是會喜歡她。她的腳裸上還帶著一個小腿鏈，一小朵小朵的白色花瓣串在一起像《岩間聖母》（Madonna of the Rocks）裡壁上的細小聖靈的白花，少凡盯著入神。再看她的眼神，日本動漫童話片裡的女孩兒模樣，有些調皮，有些哀怨，還有些純真。跟她的名字一樣，王純瞳。看來命裡一定要娶個姓Wang，名字有Tong的女孩嗎？少凡心裡一道影子流過，像柳葉輕輕撫過湖水的波心，劃過一道綠色的痕跡。

那個遠房的表妹當然又來了。她跟少凡說：「認識了一個男的，也是大學生。哪都好，就是住的遠，在重慶的山溝溝裡。」她用眼尾掃他，像是徵詢又像是探索。少凡就道：「那好啊，你差不多也該定下來了。」她比他小一歲，過年也三十歲了。「我也要定下來了，」少凡說，「這次回來就是準備結婚了。」他說完這話，心裡赫然一跳，像湖水劃過的那道綠色痕跡。那遠房表妹聽了，也就低了頭不再說話。

少凡的主意似乎已定，猶如雅魯藏布江的水不可阻擋。邵峰對老婆說：「你不再鼓動他多見幾個，那麼快就定下來，怎麼知道就是這個？」大妹說：「我跟他說了。還有幾個學歷高些，長得也不錯呢！這個是學日語的，還是大專，連本科都不是！博士後配大專，也太懸殊了吧！再說學日語到美國幹什麼，應該去日本呀。英文都不會，去了怎麼找工作？可是少凡說了，本來也沒指望她找工作。」邵峰看老婆那樣子，也知道沒轍了，就說：「你說這女孩漂亮嗎？我都看不出來了，女人看可能不一樣。」大妹說：「你看她的眼睛，是不是像一個人？」邵峰若有所悟，「對，有點兒。」「也不全像，可是人家是博士啊。就算不挑不撿，也不能真的一點兒不撿不挑吧。」博士到大專，幾個數量級，都不可同日而語了。可是得他聽算呀。大妹撅起了嘴，「我都跟他擺了利弊了。他說要那麼多學位幹什麼，又不開博物館，受過教育就行。關鍵是人要老實，能老老實實地跟他過日子。」大妹嘆了口氣，說：「算了，只要他看得上眼就行，又不是要你去結婚。別太刺激他了。不會英文省得跟老美勾勾搭搭，上次汪彤懷孕那事兒也把他折騰得夠嗆；他沒反彈變成同性戀就不錯了。」邵峰笑，說：「你老媽好在不知道，要是知道了還不得氣死！」

少凡也覺得有點兒美中不足。女孩的學位確實不高，可是學位高有什麼了不起。他倒是學位高，他要是回頭再來絕不讀這麼多書，一點兒用處都沒有，至少在找老婆上沒起到什麼現實作用。該走的照樣走，該來的也照樣來。他給那一個已經嚇怕了，女博士自己就可以一手遮天，如果自己也能生孩子，男人從地球上消失了可能人家也不會眨一下眼皮。還是古人有遠見，女子無才便是德。他以前還不相信，這回兒算是明白了，女孩子顧家溫柔最重要，像媽媽說的，要對你好。

中國的教育也奇怪，都要求對方對你好，怎麼沒有說自己要對人家好的。其實他無所謂，誰嫁給他，他都會對人家好的。媽媽說：「你是個直腸子，一根通到底。所以呢要找的人也要跟你差不多，不能彎彎繞繞太多。」純瞳算貼心也能幹。聽說少凡媽媽病了，進門一口袋水果，再一口袋中藥西藥。還有一包是專門給少凡的，全是胃藥。天，這麼多種藥啊，少凡盯著那一堆盒裝瓶裝的藥，像到了藥廠。「胃藥裡我就認識『胃舒平』。」他拿起棕色的小瓶嘩啦啦地搖晃道。「魏舒平，我也認得，」純瞳說：「是我的同學。」少凡哈哈笑，純瞳也笑了。「這不算什麼了，從前我班上有個叫馬驕的，上課老師輪番搞笑，音樂老師說，三駕馬車來沒來，數學老師說馬三來了沒，語文課老師說，一言既出，駟馬難追三馬追上了沒。總之特別好玩。」少凡也笑說：「跟那個叫牛犇的演員有的一比了。」少凡心中歡喜，學語言的就是不一樣，做過導遊的就更不一樣。笑過了，純瞳指著那包藥說：「這還不算多，我媽媽的醫院才多呢，要多少有多少。這些你先用著，等你回去的時候我再給你多帶點兒。」少凡點頭，來時兩手空空，回去就變成藥簍子了。海關的人見了一定以為他是藥販子，可是有人關心體貼到底窩心，他就是被懷疑成恐怖分子也願意了。

少凡說：「我這趟回來時間也不多，婚禮都沒準備，你看怎麼辦？是要大操大辦呢，還是旅行結婚，去九寨溝？」純瞳說：「九寨溝早去過了，帶日本人去過不知道多少次了。太熱鬧的我也不喜歡，大操大辦聽起來就嚇人。」她說著，低頭擺弄著手鏈上的小星星。「反正結婚證得拿吧！」純瞳抬起眼臉，「要是沒時間可以到美國再辦；在教堂裡披著白色的婚紗，那就真是童話了。」少凡說：「結婚證這兩天就去拿，資料我也都備全了，你拿著去簽證就好了。美國有的是教堂，還有專門的婚紗店。請七八個好友五六個同僚去教堂裡來個白色的婚禮絕對沒問題。就是父母親戚可能去不成了。」純瞳說：「那最好了，省得七大姑八大姨搞得頭昏腦脹。」少凡給純瞳說的頭頭是道，心裡想女孩子都愛虛榮愛時髦，她能這樣想也算是脫俗了。少凡媽媽聽了卻皺了皺眉頭。她這兩天也好了，有精神說話了。少凡媽媽說：「別擔心我身體不好，我這輩子就你一個兒子，整天想的就是熱熱鬧鬧地看著你結婚。結婚是喜事，婚禮不辦，喜事怎麼能從天降？少辦幾桌也行啊！」媽媽數落著手指，「前後鄰居左右朋友老早就等著盼著喝你這喜酒，你不辦怎麼說得過去？讓人家多失望啊！」少凡不吱聲。老媽看他一副要辦你自己去辦的樣子，就差沒把這話也扔出來，不知如何是好，心裡嘀咕，這些年的人情禮份算是白搭了。從來都是她給別人賀禮備份，前後左右鄰居同事無不周到。終於輪到她自己了，卻成了皇帝不急急太監。人家根本沒那個意思。

誰說的，心歡是忘記舊愛最有效的方法，少凡不免慶幸，詩人說過愛情之神很少眷顧一個人兩次，而他卻有幸遇上了。回來的飛機上彷佛天空都是舊貌換新顏，一大朵一大朵的雲彩迎面飄來；天外有天，人也興奮起來。飛機在上空飛行兩個多小時了，窗外的明亮照進來晃得人睜不開眼。少凡閉目養神，想起離別前兩個人的話語。純瞳說：「我會趁著這段時間，好好學英文。」少凡點頭，像是贊許也像是安慰，道：「別擔心，我會照顧你的。」現在，十萬米上空的時空裡，那對話情景顯得如此遙遠而接近，有些親切有些感傷。英文好又怎樣呢？他心裡的痛彷彿又給點燃了。明明可以好好的，偏要跟美國人來往。女人一輩子為情，男人一輩子為面子。男人活的就是面子，連這都不懂。英文好得能上英國國家廣播公司又有什麼用呢？窗外一朵一朵的雲彩像仙山幻境。他的腦子有些漲了，亂我心者昨日之日不可留。他活動活動脖頸，陰影似乎也跟著雲朵飄走了。怪不得美國人結婚前要搞個單身告別晚會。與過去告別是要有個儀式，不但是告訴別人，也是提醒自己，他從此煥然一新了。將不再是一人孤獨地奔行於世間。他是一個人的丈夫、戀人、親人。在這個小小的空間裡，他也有一個家了。一個新的里程終於開始了。

25

汪彤這邊日子流水一樣地過著，一晃幾個月過去了。剛才又跟愛德華吵了一架。現在想想是為了什麼都忘了，總之是愛德華整天像個上滿弦的鬧鐘，沒有輕鬆的時候。「哎呀，美國人都像你這樣嗎？」汪彤皺著眉頭道，整天催，中國有個詞，叫「催命鬼」，就指你這樣的人。「什麼鬼？」愛德華根本不懂，歪了頭認真要問個究竟。汪彤就說：「上機場哪裡要提前三個小時到，又不是國際航班。就算國際航班也用不著那麼著急，你又不是老得走不動，一步三挪，也到了。」愛德華說：「中國人就是沒有時間觀念，你看早晨小學校門口吧。一路連跑帶顛，嘴裡叼著麵包，背上書包一搖三晃的都是東方小孩。」汪彤不吱聲。「還有啊，東方人開車像開飛機，都這個架勢。」愛德華比劃著，兩隻手放在假想的方向盤上，頭往前伸，脖子往下縮，抽鼻子，瞪眼睛。汪彤「撲哧」一下給逗笑了，她笑啊笑，笑個不停。簡直是小丑，還有歧視。愛德華見她笑，好像到處找燈的人終於按對了按鈕。再來一遍表演。汪彤笑不停，笑到最後眼睛就起霧了。愛德華也可憐，因為她整天只顧埋頭想心事，理也不理他。他說的什麼都是耳邊風，好玩的沒興趣，不好玩的更沒興趣。「老古董」愛德華叫她。「你才是老古董呢！」她反唇相譏。要不就是隱居者，愛德華說：「一天到晚深居淺出，日理萬機，比美國總統還忙。」

江彤則覺得跟愛德華沒有什麼好說的，從前還有話，現在就是沒話找話。要不就是吵架。結婚對她來說最大的區別就是，她好像這輩子沒吵過這麼多的架，也沒做過這麼多的飯。自己都驚異自己原來有這麼大的潛能。從前都是少凡讓她，她因為歉疚反過來讓他。「你是順毛驢，」媽媽說過，「其實控制你很容易，就順著你的毛髮梳理，保準指你向東，不會向西。」可是愛德華不懂，「幹嘛要人順著你？你又不是小孩兒，幹嘛要人像小孩一樣哄著才好。」「女人不就是要人哄的嗎？」她辯解。「不成熟的人才會那樣想，」愛德華說，「男人女人都一樣。沒看我公司的老闆就是女的，整天撒嬌發嗲公司乾脆生產發嗲機算了，還產什麼康柏戴爾。」江彤現在明白了什麼叫雞同鴨講，什麼叫文化差異。跟他要是能把發嗲這件事講清楚，那她不發狂也發瘋了。既然改變不了，只好沉默了。愛德華見她不吭聲，也沒辦法。碰到一塊滾刀肉，左切不行右切也不行。

隔壁的鄰居倒是愛恨分明，吵架都是高分貝的，聲音穿透牆壁像蒙了一塊布，還是能聽得出那一尖一鈍的聲音。尖的是安姬，鈍的呢就該是伊娃。同性戀也講究老少配嗎？汪彤心裡嘀咕。安姬和伊娃這一對鄰居夠搶眼，伊娃人老珠黃，不算大胖子也是中胖子，安姬呢，小巧精靈，也就二十出頭吧，長的有點兒像東方人，大大的眼睛，小巧的嘴，有點像《紅色角落》裡的白靈。白靈大概投奔李察・吉爾去了。某一天只見伊娃獨自坐在社區花園邊的馬路牙上賣呆不語，趿啦著拖鞋，甩著肥褲管，頭髮像稻草人。她停在公寓前面的棕色大賓士車，右門卻撞得像吶喊，老頭的嘴往裡癟著喊不出聲。昨晚兩人吵架，安妮一夜未歸跟人跑了，伊娃夜半追車，撞到大樹上，還好人沒事兒。大人鬧，小貓沒人管，「喵喵」著跑汪彤家裡要奶喝。這小貓長得很乾淨，黑白相間像奶牛，最喜歡喝奶。每次看到愛德華回來，就老遠地迎上去，然後跟著上樓，等著開門，真正把自己當成主人了，進出自如得像在自己家。小貓倒也懂規矩，「哧溜哧溜」舔完了小盤裡的牛奶，就舔著嘴巴扭頭走了。汪彤看著，想起米蘭・昆德拉小說裡女人夢中的貓的蹊蹺，捷克語貓也意味著女人——另一個女人。跟雪雁的對話又鈴鐺一樣迴響起來。

雪雁每個耶誕節都會去北卡。今年本來也想回去的，但是擔心肚子大不方便，就免了。全部問候改成無數個電話煲粥。雪雁說：「摩尼還是老樣子，他也可憐，這輩子大概要打光棍了。人家尼娜也找了個美國人。」「尼娜倒是真該找個美國人，」汪彤說，「像她那種性格，肚子上像裝了透視儀，裡面什麼東西都照得一清二楚。正好合適美國人的性格。」「劉老太又換了大房子了，」雪雁說，「你猜她跟我說什麼？」汪彤答：「她每天吃十個蝦？」「不是。」雪雁道。「她老公每天洗十筐衣服？」汪彤又說。雪雁大笑，道：「她跟我說的，簡直太不可思議！是少凡的事兒。」汪彤不吱聲了，彷彿世界返回到冰川時代，靜寂空白，一切也如同冰川一樣，晶瑩冰冷。雪雁說：「少凡結婚了。」雪雁停了一下，又接著道：「那女孩也來了。他卻讓她去中餐館打工。就在『福摩莎』，記得吧，咱們在那裡吃過飯的。」汪彤說：「嗯。」雪雁道：「這女孩在一般人眼中算是漂亮的了，這也是劉老太的話，可是剛來，他就讓她去打工，好奇怪啊。」汪彤不吱聲，心裡卻像船過浪頭，翻江倒海。

這還是幾個月前的話。少凡結婚，汪彤心裡並不意外。他老早就想著結婚，只是遲早的問題，上次如果不是給她叫回來，婚早就結了那是肯定的。但是，這一次雪雁卻說：「上次跟你講的他讓那女孩兒打工，還記得吧。這次給你講的還要驚爆。」「雪雁你什麼時候變成娛樂記者了，專門挖人家隱私。」汪彤說。「沒有了，」雪雁道：「都成了家喻戶曉的新聞了，可能只有你不知道。」汪彤不以為然，道：「出人命了，還是給堵床上了？」雪雁說：「都不是，比那個還勁爆。那個女的結過婚，還有一個十歲的女兒。少凡要離婚，女的發瘋了。原來有病，不能生氣，一生氣就發瘋。劉老太說，少凡哪裡弄得了，只好叫救護車。救護車『嗚嗚』叫，少凡現在是家喻戶曉了。老中都說，聽說過有『高級搬運工』，還沒見過要救護車保駕的。救護車『嗚嗚』叫著開到大鐵門的醫院，少凡還得簽字。」

汪彤無聲地聽著，心裡像壓了一塊石頭，往下沉往下沉，終於問道：「那他結婚前一點兒不瞭解嗎？」雪雁說：「怎麼瞭解？女的如果不是因為填表辦綠卡女兒也要添上，可能還不會告訴他呢。」「那她有病也一點兒看不出？」汪彤問。「怎麼看得出來？平常都很正常啊，親親愛愛的時候誰不正常。告訴你，古語說的好啊，婚姻要門當戶對。」雪雁嘆了口氣接著道：「婚姻其實不一定非要講究門當戶對不可，但是一定要彼此瞭解，瞭解對方的成長背景。用土一點的話說，就是知根知底。劉老太說，這女的精神病，少凡原先還真以為是給他氣的。結果這次回國幫她拿藥，人家媽媽相信美國醫學先進，醫生有好辦法，病例都翻出來讓他帶著。他這才恍然大悟。」

汪彤聽著心裡不知道該做如何想。簡直像看喜劇肥皂劇，看著看著，裡面卻突然跳出捲曲的老蛇大長蟲，吃驚，害怕，還有點兒噁心。上一次聽到少凡結婚了，卻讓那女的打工，她直覺蹊蹺。但是不知道是這樣的故事。套用偉人的一句話：「一個人犯錯誤不難，難的是不犯致命錯誤。」其實一個人要犯致命的錯誤是多麼地容易。她還記得結婚三天後，站在窗前回頭的一瞬間。她自以為是醒悟懸崖勒馬，回頭是岸。卻沒想到岸上的人也下了水，還是水深火熱。她的心似乎被什麼刺痛。窗外的風大起來，呼啦啦把花園裡的玫瑰吹得枝頭猛勁兒搖擺。紫色的玫瑰，她曾經也有過一朵那樣的情人節的玫瑰。雪雁的最後一句話又在耳邊響起來：「少凡要好人做到底，給她一個身分，所以呢離婚也要等到三年以後了。」

26

「春花秋月何時了，往事知多少。」車裡的〈幾多愁〉柔婉淒美，少凡開著車，耳朵聽著那歌詞，心裡愁腸百結，幾多愁如果能數得過來就好了。聽著聽著，眼淚就要掉下來。這張碟還是汪彤留下來的，她最喜歡聽鄧麗君的歌，那次他從國內回來，特意給她帶了幾張。汪彤說放車裡出去玩的時候可以聽。他就放車裡了。可是人呢？人去樓空，小樓昨夜又東風，故國不堪回首月明中啊。世界上最美好的事情給他攤上了，世界上最糟糕的事情也給他攤上了。他可真有才，天上掉餡餅，掉到嘴裡。他可真倒楣，千撿萬撿，撿了個亂燈盞。就是閉眼睛抓也輪不到他呀。什麼純瞳，一點兒不單純。現實與想像是多麼的迥異啊，打死他也不敢相信，這麼年輕漂亮的女孩子，竟然不但結過婚，也離過婚，不但有孩子，孩子還能打醬油了。怪不得不喜歡大操大辦，原來早操辦過了。不喜歡鄰居熱鬧，原來也早熱鬧過了。人多嘴雜，可能更早露餡了。

純瞳說：「既然已經結婚了，就是生米做成熟飯了，你還在意什麼？天上掉下來個林妹妹，天上掉下來個小女兒不是更好嗎？」少凡氣得說不出話來，他要想要孩子，早就有了，別跟他提孩子，提孩子她不發神經病，他自己也要發神經病了。純瞳說：「那撇開別的不說吧，我總是愛你的，那麼多男的只選中你，為了你飄洋過海你不看僧面看佛面也要收留我們母子吧。」少凡不吱聲，想起她先前的訴說，前夫結婚沒多久就出軌了，孩子生下來看也不看，跟著人家去日本了；她恨死他了。她說：「你好，你一看就是個好人。好人做到底吧，不要離婚。我會做飯，也會幹家務。」少凡還是不吭氣，木頭人一樣沒表情。純瞳說的沒錯，她為什麼要告訴他呢？她敢告訴他嗎？如果他也跟外國人一樣，就是愛她這個人，不在乎她結過婚，更高興啥沒做就當上爸爸。那她肯定沒見面就全盤跟他說了。是因為他所尋求的，或者說所要換取的東西標上了砝碼？既然有價就有還價的。兵不厭詐，婚也不厭詐？

世界是一個等待你成熟的果園。這是詩裡的話。世界是一個等待作弄你的黑森林吧。少凡想，他這次真的是摒棄從前的想法，就是汪彤罵他老古董的那些個觀點，不要求沒有戀愛經歷，也沒苛求一定是處女，看看他得到的是什麼。他要是不在乎這些，根本就不會離開汪彤。還有那孩子，按他對汪彤的瞭解，這孩子她一定會要。汪彤的拗勁他見識過，你不讓她做的，她非做不可。那就好了，少凡有些狂喜，如果是那樣，他就立馬離婚去找她。這個純瞳，真是跟她講不通。真正是蠢童，騙得了初一騙不過十五。明明是自己欺騙，卻總是打著愛的名義。再講兩下就知道抹眼淚，再就知道告狀。

邵峰說：「我現在可慘了，清官難斷家務事，我是不是個清官還是個問題。你總來找我，我也沒辦法啊！」純瞳說：「我不找你，找誰？你勸勸少凡別整天想著離婚，對我好點兒行不行。」邵峰無語：「這是能勸的問題嗎？」純瞳說：「我知道他為什麼一定要離婚了。」「我也知道啊，」邵峰心說：「上當受騙，給你騙了還好意思說。」純瞳道：「昨天晚上，他又在翻照片，給我看到了，是從前的女朋友。你認識她嗎？」邵峰一聽：「認識，太認識了。他們兩個很好的，好得就差沒穿連襠褲了。你想想啊，同居女友啊，就跟沒領證的夫妻一樣啊。」邵峰說完了，好像把剛才沒說的心裡話也釋放了，算是解了心頭氣。純瞳聽了，心裡不是滋味，醋瓶子翻倒，撥開雲霧一切豁然開朗。第二天，大妹跟邵峰切切道：「你以後少摻合他們的事好不好？還說你慘，少凡比你還慘。你跟她說什麼前女友。她回去就發瘋了，說少凡有同居女友怎麼從來沒跟她講過，現在還藕斷絲連，戀戀不忘，那晚上的救護車呼嘯著，少凡差點自己沒跟著住進去。再這麼折騰，大家都不要過了！」

邵峰後悔不迭，連忙說從此袖手旁觀，再也不摻和他們的事了。他咬一口小盤裡的蛋糕，德國黑森林蛋糕，還是小蔡夫婦歐洲旅遊帶回來的。邵峰盯著這巧克力奶油蛋糕，上面還有紅紅的櫻桃點綴，道：「你說人家小蔡也是回去找的呀，怎麼就挺好的呢？」大妹說：「少凡要是跟那個劉叔叔介紹的學生物的，也肯定不會這樣。至少知根知底。」邵峰問：「對啊，那怎麼沒跟那個女孩呢？」大妹撇撇嘴，道：「不是嫌人家矮嗎，眼睛又小。這個倒是眼睛大。睜眼說瞎話。」邵峰點頭，又咬了一口蛋糕說：「這蛋糕真好吃。哎，你這麼一說，我也想起來了。當時好像是跟這女孩一眼就對上了，小腿細長跟長脖鹿一樣地輕盈，好像是這話吧。沒想到啊，竟然是大象。」大妹說：「你說這長頸鹿的脖子，大象的腿我還真見過。」邵峰定神看著老婆。大妹說：「我以前單位裡就有一個這樣的姐們，個頭高挑，蜂腰細腿，長裙飄飄簡直跟跳芭蕾的一樣好身材。我誇她身材好，她卻跟我說，那是假象，然後把我拽到屋裡，一看，哇，真是大象屁股大象腿。可是裙子一擋什麼也看不見了。」邵峰笑說：「你這姐們好人，至少沒造假。你也來吃兩口蛋糕吧！」說著把盤子遞過去，說：「好在老媽沒來，要是知道這麼鬧騰，還不得急死。」大妹說：「是啊，所以不敢跟她說啊。這大象腿還不知道得藏多久。少凡他自己的孩子不養，倒去養別人的孩子。」邵峰說：「乾脆回到母系社會算了。」兩夫妻一晚閒話不表。

27

少凡感覺崩潰，什麼叫行屍走肉，他這就是行屍走肉。以前看巴金的《家》還不明白，裡面的大哥為什麼不走，明明愛的是梅表姐，卻偏偏要和包辦的妻子在一起。他這個倒沒人包辦，可是比包辦的更可怕。包辦至少有個怨的，他這個怨誰，怨天怨地，怨自己命不好？現在明白覺新為什麼下不了決心，綠卡就把你卡住了。我們都是現實的奴隸。他現在也明白了汪彤為什麼連綠卡也不想要了來奔他。他也想不要，可是你不要人家不幹啊，聽說過一哭二鬧三上吊的，沒想到還真有，而且就在他身旁。婚前合約真是太英明瞭，不合適離婚那就是人道啊。什麼都比不上自由好。汪彤也哭過，很少，還是那次她最後一次離開。他們兩個躺在床上，她枕著他的臂彎，眼淚流個沒完沒了，衣服袖子都給她哭濕了。她說乾脆回國算了。他說好。她就說那你幫我把車賣了。他答應。那時候，一心想著回國去見上海女孩了，還以為汪彤不知道呢。卻原來她什麼都知道，但什麼都裝不知道，又什麼都不說。說她是古代走來的，沒錯了，也有古代烈女的性格。要是不那麼剛烈就好了。要是也能把想法跟他說說，別整天憋肚子裡也好了。現在這個倒是溫柔，唯他是從，可是他除了膩煩就是膩煩，現在這個倒是整天跟你說多愛你，可是他反倒一點兒感覺沒有了。愛像小老鼠，不能輕易放出籠的，不然不是四處老鼠糞就是過街的老鼠人人喊打。

少凡想起來就要感慨，前塵往事，從前的一切遙遠模糊，清晰卻又像在昨天。他那次回國準備結婚。別看他目的明確，腦子硬心卻硬不下來。深圳女孩子諾諾地等他，他的眼前晃悠的卻全是汪彤的影子。汪彤的電話一來就像落水的人見到救生圈，我們是在彼此為別人培養丈夫和妻子。想想倆人在一起的時候，別說沒吵過架，連大聲爭執都沒有過。最厲害的一次不過是信裡面的說辭，可惜他的好話，她卻一句沒讀過。

少凡站在Harris Teeter的過道裡，眼睛盯著那一包包的炸薯片發呆。去看聖誕冰燈，倆人分吃一袋炸薯片，他開車，汪彤往他嘴裡遞。快遞馬鈴薯片，脆香的，爽口的，她笑著。然後給自己也來一片。「啊，真好吃！」他故意誇張地炫耀，「太好吃了。」食色性也，還以為女人都一樣，殊不知非但不一樣，還是太不一樣。這個就跟人造娃娃一樣永遠是一個姿勢，躺那裡一動不動。要是汪彤，想讓她不動得動用三軍儀仗隊。就連她的嘲笑也是有情調的。哪兒都好，幹嘛長得那麼醜呢。汪彤愛嘲笑他，說完了笑倒在沙發上。「醜？」他又要拿起茶杯比劃，那上面他的一張大頭照。「這麼帥還說醜。」他說，「有本事就行唄，管他黑貓白貓抓到老鼠就是好貓。」他洋洋得意地舉著茶杯。汪彤道：「不能因為有本事抓老鼠就可以長得難看。」少凡氣得放下杯子要打她，她早跑到沙發後面的茶几間，躲在那裡嘰嘰笑，看他不肯甘休，只好告饒道：「真正嫌你醜的人是不會在你面前說的。」少凡還是不饒的。他把她按在沙發上，她的睡裙蝴蝶一樣掀飛起來，兩隻胳膊動彈不了。看我怎麼懲罰你，他說。然後就「動作」起來了。她笑得更厲害了，「貓抓老鼠好像找錯了地方了。」她說。「真的，假的？」他瞪大了眼睛。她點頭。「上面，下面？」他問。「下面。」怪不得，他笑。「有什麼感覺？」她好奇。「嗯，比較緊，更緊一些。」「那你喜歡哪個？」她氣他，「老鼠還是地洞？」「都喜歡。」他答，抿著嘴，臉上的認真像是在回答奧林匹克競賽題。

他跟她就像貓捉老鼠。有時候他覺得自己是貓，有時候他又覺得是老鼠。她挑剔的他都有理由聽，不為別的，只因為她一般不挑剔，真挑剔就是真的有要挑剔的。看她一天到晚指甲塗得粉紅，臉兒擦得雪白，裙子飛飛，長髮飄飄，他就想笑，畫裡的人走下來了。她要麼不做飯，真做起來卻很像樣。所以他就故意睡懶覺，週末早晨更是賴在床上不起來，聽她在廚房裡鼓搗。烤的小點心焦黃噴香，上面還有一層亮晶晶的奶油蘸芝麻。哎呀，什麼時候變成巧婦了。他起床後故意驚異地站在她身後。

現在這個整天倒是把屋子收拾的窗明几淨，爬窗臺上擦玻璃。他要是想找個清潔工還用得著大老遠跑中國去找嗎？一個大字不識，電話一來就麻爪。汪彤最愛讀的都是英文原版書，還做筆記，日記本一摞。看一會站起來走一圈，保持小蠻腰呀。汪彤是不是上個世紀的人啊，他有時候想。要像文姬一樣博學能文，又要像飛燕一樣有小蠻腰，還要像武曌一樣統領天下。統領讓給你就行了，汪彤這時候總會做謙虛狀玩笑道。他還記得自己當初的委屈，說，我咋這麼倒楣呢，每天在外面受氣，回來還要受你欺負。可是現在想要人欺負也無處尋找了。

教堂還是老樣子，少凡照例會去教堂散心。而今從前一起在一張桌子上吃飯的人都四散了。那瞧不起老婆的男人還跟老婆在一起。閒話照舊：「把老婆當保姆，你就是保安；把老婆當丫鬟，你就是太監。」男人依舊口若懸河。保安和太監他都不想當。少凡還記得當初因為聽到這男人嘲笑老婆的話，才口出一句我娶的女人一定會是天下最好的女人。瞧不起老婆的男人隊伍裡現在卻要增加一個了。教堂依舊，他曾經的誓言卻彷彿來自上個世紀，另一個人的口。

28

日子流水一樣過，汪彤覺得自己像只小毛驢，拉磨的小毛驢，只在生活的圈子裡走來走去。這天瑞克來電話，跟愛德華嘀嘀咕咕老半天。瑞克這一陣似乎總來電話，汪彤說：「什麼事情老找你？」「出現人民內部矛盾了。」愛德華答。「怎麼了？」汪彤好奇，「寇特妮不要瑞克了，還是瑞克有新歡不要寇特妮了？」「都不是，也都是。」愛德華說：「你知道吧，就是那些雜誌。」愛德華說著指了指床鋪底下的《閣樓》雜誌。那些雜誌比A片還A片，汪彤看過一遍就夠了，千篇一律一點新意也沒有。愛德華卻把它們當教科書一樣，時不時拿出來溫習溫習。就那麼幾個人，長得也不美，臉上的痘痘都能看得一清二楚。他還挺念舊，不離不棄，翻來覆去就這一本。看就看唄，還怕汪彤看到，做賊心虛一樣總塞到床鋪底下壓著。汪彤就說：「又不是銀子金條，幹嘛藏來藏去。」愛德華卻是習慣成自然趁她不注意就又塞到床鋪底下。

這一天，愛德華從床底下大模大樣地抽出雜誌來，說是要借給瑞克。寇特妮不喜歡瑞克看這些雜誌，當然A片也是不能看的。「都有女朋友了，還去看別的女人，啥意思，這不是明擺著不滿意嗎？」寇特妮說。瑞克就跟愛德華抱怨，跟她講不通，根本是兩回事兒。愛德華笑，帶幾分得意道：「彤就不會，從來不干涉。還跟著我一起看。」汪彤說：「不抱怨跟鼓勵是兩回事兒，別分不清。」愛德華更來勁兒，說：「這雜誌真的好看啊，裡面會教你些小花樣，買哪些玩具。你沒看色情商店那麼掙錢，也是為什麼《閣樓》那麼受歡迎，還有名作家給他們寫小說呢！」汪彤說：「那小說誰都能寫。給你來兩段。某男跟某女相遇，大街拐角，然後眉目傳情，然後搭肩再搭背，邁步走，進屋，進入角色。」「哈哈，」愛德華笑問：「中國人也這樣的嗎？」「中國人才不會，」汪彤答。卻又突然想起跟少凡剛認識的時候，少凡給她看過一個類似充氣娃娃的東西。她打眼一看，嚇了一跳，跟真的似的。少凡說：「第一次用還會有點兒水出來呢！然後就沒了。」說著臉上一副很可惜的樣子。他們一起開車的時候，高速上總會看到高高的牌子夜總會廣告，少凡見了就躍躍欲試，卻總是葉公好龍練嘴皮而已。

像瑞克這樣動真格的還真少見。這一次的情形是，信用卡帳單來了，寇特妮發現了瑞克上的那些網站不但很色還很貴，寇特妮怒了，要把他趕出去。汪彤想起來上次瑞克去看脫衣舞表演，因為喝了點酒，結果跟人家打起來了。美國夜總會也奇怪，總是有些曖昧。

都是在高速公路上掛著些大大的招牌，豔麗的字母配醒目的標題。真正的脫衣舞場卻像神龍一樣隱蔽見首不見尾。汪彤不免好奇起來，愛德華就說帶你去見識見識。

從高速上下來，車開了很長一段路，兩邊是樹木，然後單行車道，開啊開，像是小說裡的場面，某高級人員憑代號進入場所，很安靜也很神祕。愛德華說這種地方都要這樣，什麼人來襲擊也要經過一段距離，像是很長的隧道，才能到達，不是子彈一下子就能穿透的地方。夜總會的樓面看起來跟平常的餐廳之類的沒什麼兩樣，反倒沒有看板上那麼奪目惹眼的字詞畫面。風景都在裡面，人家這也是做生意，都一樣的秉著做生意的原則。然後又特別交代道：「我們就是去看，不動。」汪彤點頭。愛德華說：「你要想看男的，也可以叫。」汪彤笑著搖頭：「你那本雜誌上的就夠了。」

進到裡面，是個大廳，燈火輝煌的大廳，黑白交叉鑽石形狀的大理石地散發著冰冷的光，四周圍卻是暖色的粉和白。像是在雪地裡開出的花朵，暖融融冰涼涼，兩極裡的消融。汪彤不記得是怎麼給帶到座位上的。總之她跟愛德華剛坐下，女的就上來了。酮體的她個頭高挑，和石膏像一樣面無表情，也跟石膏像一樣幽光雪白。遠處高臺上一個女子在表演，扭臂伸胳膊，鼻子眉目是模糊的。很奇怪，除了一開始的驚異外，汪彤發覺這樣裸體的情形看多了反倒不以為奇了。倒是愛德華有些尷尬，女的上前來，愛德華連忙擺手，小聲嘀咕了句什麼。汪彤瞥見女子嘴角不露痕跡的一絲微笑。突然間她想起小時候看過的小人書《紅色娘子軍》。鄰居大哥哥講，那個叫吳瓊花的，男人死了，她每天白天照常一樣，晚上卻是抱著一個木頭人睡覺。呀呀，還有什麼比這個更恐怖的啊。她還記得把那本小人書翻來翻去，翻爛了，也沒找到個木頭人的影子。中國的吳瓊花們要是有這夜總會就好了。不但能看到美女也能看到美男。

愛德華的爺爺老哈里病危，哈里當然要回去，要愛德華跟著去，汪彤也一道去。汪彤知道俄克拉荷馬州，還是因為同名音樂劇《俄克拉荷馬》。除此之外就是想像中的西部紅土高原，約翰・韋恩的〈紅河谷〉。「不錯啊，」愛德華讚揚道，「還知道〈紅河谷〉」。汪彤說：「你要是唱著〈紅河谷〉去中國，肯定比說你從華盛頓來的受歡迎。」「人們說你就要離開村莊，我們將懷念你的微笑。」愛德華笑瞇瞇地聽著。汪彤接著道：「我以前有個美國外教。第一天上他的課，大家都比上課更好奇他本人。一個人問：『你從哪裡來？』外教答：『我從華盛頓來，是布希的鄰居。』另一個問：『你喜歡中國的流行音樂嗎？』外教嘴一撇，道：『我最討厭耶利亞神祕耶利亞』。然後拿腔作調唱到，『耶利亞，神祕耶利亞，耶利——耶利——亞。』全班同學笑倒。」愛德華不懂這個耶利亞為什麼那麼好笑。汪彤解釋有點兒像唱麥可・傑克森的〈Beat It〉明明是有點兒二，卻很無知得意。

俄克拉荷馬的天空高遠，土地像畫板，在黃紅之間的主色裡漫遊。瀝青馬路也不可以想當然的，汽車開著開著就跑到了鄉間土路，路旁一片一片的莊稼鋪天蓋地。八月的農莊，玉米地與人頭齊高。然後是小橋，綠色的拖拉機。不遠處主人的房屋居地隱隱而現。

美國的城鄉差別本來就不是經緯一樣分明。老哈里這幢樓房也看不大出農莊的特色。不像《飄》裡，房前一顆大樹迎面而來。老哈里房前一馬平川，祖孫三代都住在這裡。老哈里已經不會說話了。他拉著汪彤的手，兩眼真誠熱烈地望著她。愛德華卻像是回到了童年，在旁邊一個勁兒地說：「她是中國人，中國，你知道吧？地球的那一邊。」老哈里似是而非，像在點頭，手握得更緊，暖呼呼的大手散發著親切感。倒不像是農民的手呢。躺在床上的老哈里看起來氣色還好。汪彤說：「老爺爺長得很帥啊。」愛德華笑，指著櫃子上的照片說：「年輕時更帥呢，像不像保羅・紐曼？」汪彤點頭，看那黑白照片上的人，氣質雅儒，白襯衫配背帶褲，頭上再加一頂禮帽就是保羅・紐曼從《漫長的炎夏》裡走來了。他們的婚姻也像夏日一樣漫長，還是姐弟戀，老哈里太太比老伴大七歲。女大三抱金磚，女大七，大家欺。反正是大家都反對。

外面的陽光很亮，汪彤走出屋外，門口的一窩小貓剛出生不久，線團一樣擠在貓媽媽身下。一隻小貓眼睛閉著在喝奶，身上的毛還是濕漉漉的，老哈里太太正在餵她牛奶。「她生下來就有一隻眼睛看不見。」她說。老哈里太太胖乎乎的身子坐在那裡撫慰著小貓的毛髮，一隻蒼蠅聞到了味道嗡嗡地在旁邊起舞。

吃過飯，愛德華說：「傑森問我們要不要去農場轉一轉，還可以看看他的豬圈，新下了好幾頭小豬仔。」汪彤答應了。只要是新鮮的，她都想見識一下。傑森算是表弟，愛德華姑姑的兒子。老哈里農場的未來農場主，愛德華說：「別看傑森才二十出頭，農場裡的東西樣樣清楚。」話剛說完，就聽到門口「嗶嗶」的喇叭聲，傑森的卡車已經準備好了，等他們上車。三個人坐進去，紅色的福特卡車又大又高。「看，鐵馬，」愛德華指著不遠處菜地裡的一輛綠色小拖拉機，「我小時候最喜歡坐這個，老哈里爺爺管它叫鐵馬，還帶著我開。」「你現在要開也可以啊，」傑森笑著說，「放在那兒好久沒人動了。」愛德華很興奮：「好！那你們等著，我去開一下。」他跳下車，真去開那拖拉機，「蹦蹦蹦」，越過高坡，突擊手一樣轟轟隆隆地往下衝。汪彤盯著他看，愛德華衝她喊道：「要不要來試一試？」汪彤擺手。傑森像個小大人似的看著他們，一臉稚氣地笑著。

愛德華再上車，臉帶紅暈腦門都是汗。做牛仔不是那麼容易的，愛德華感嘆著。夜色慢慢降臨了，遠處的天邊像嵌上一道寶藍石，晶瑩清脆。迎面一輛小卡車「突突」地開過來，傑森連忙讓路。兩車會車的瞬間同時停了下來。原來是熟人。傑森頭伸出窗外跟那人聊。對方也是個跟他差不多年齡的小夥子，又一個未來的農場主？傑森擺動著手勢，以成人的模樣海闊天空聊著。生活可以很簡單，世界也可以很簡單，如果你生活在這片廣闊的土地上，種瓜得瓜種豆得豆，看白雲蒼狗，在清風明月下聊天。其實就是中國古代的桃花源呢。

聊天盡興，這裡的時間彷彿都是象徵性的。等到三個人開車到了農場，天已經全黑了下來。傑森下車去打理豬飼料。汪彤四下打量著，四周的蒿草蘆葦一樣高，聽不到豬叫也沒有豬圈的味道，如果不知道很可能把四周的沈夜草叢當成蘆葦蕩。她打探著往深處走。愛德華笑道：「小心有蛇！再不踩一腳豬糞。」汪彤不理他，腳卻站住不動了，嘴上說：「都是機械化，哪來的豬糞？」說話間，傑森已經出來了，打理好了。汪彤覺得熱鬧已經湊了，看到了平原下面的夜景，小豬看沒看到也就無關緊要了。傑森問還要不要進去看小豬仔，汪彤說下次也行，一夥人於是打道回府。

第二天是星期天，汪彤睡到很晚才起床。廚房裡老哈里太太正在做早餐，炸培根、小香腸、煎雞蛋，剛剛烘培好的小點心黃燦燦的；小玉米喳子一樣的粥咕嘟嘟地冒著香氣。走廊裡飯香飄蕩，和著鍋碗碰撞流水聲匯成了一組鄉間早晨的交響曲。汪彤漫步進入客廳，卻見一屋子人圍著電視神情關注。愛德華說了一句「黛安娜！」，然後朝著電視螢幕指了一下。螢幕上畫面凌亂，大大的黑字打出車禍字樣。巴黎的地下隧道，黛安娜從Ritz旅館的旋轉門裡一次又一次地轉出的最後身影。汪彤看著驚異，他們來俄克拉荷馬看望老爺爺，生活中的人垂危未危，而地球的一處，生命卻香消玉殞了。

「那個多迪也慘。」有人道：「簡直是賠死的，怎麼敢跟大英帝國的王妃來往？還是有夫之婦。」愛德華說：「黛安娜那麼漂亮誰都會願意的，再說了她那個婚姻也是名存實亡，你沒看查理斯整天跟那個卡蜜拉在一起。」愛德華說著，不免胸有成竹，就像當初他看到汪彤跟少凡吵架。她氣得要死，少凡給她的信連看也不看。他還記得自己拿著信往樓梯上走，一邊走心裡一邊好笑，什麼樣的男人愛女人要寫信表達。去把她找來，當著她的面，把要說的話說出來，看她不感動。這麼文縐縐的信不耽誤事兒才怪了，又不是古埃及時代，加急雞毛信十萬火急。現如今人家看都不看，不但不看還要退，真是雞毛一樣給扔了，白白寫了這麼厚厚的一打信紙。愛情是實際的接觸，看得著，摸得到，只要汪彤願意跟自己在一起，她跟前男友之間的關係就不再是個問題。

而汪彤卻悶悶地想著心事，王子王妃既然都不愛了，不如索性離婚好了。看來也不是那麼容易，王宮裡的事，不是說離就能離的，再說還有孩子。孩子總是個舉足輕重的砝碼。婚姻這檔事王子和百姓同仁，即便是王子也弄不清，好像越是王宮裡婚姻越是搞不清。一陣風吹過，她又想起了什麼，如果當初自己沒有懷孕，那麼她跟少凡的關係會是怎樣的呢？她原先對他的那麼強烈的忿怨，到如今卻也雲淡風輕了。

29

少凡又開始找工作了，名義上說如今的這份工作沒前途也沒錢途。他沒有挑戰，也做膩了。實際上他也知道離開的真正原因。轉身分面試過後基本上就沒問題了，純瞳有個身分，就算是他盡心盡力了。他要從新開始，離開這個傷心地，是非地，到一個新的地方開始新的生活。他申請的羅徹斯特理工學院，很快就拿到了接收函。難道真是有緣嗎？他盯著手裡的信件，心裡詫異，說是找工作，也是有一搭沒一搭的，看到這個學校要人，就遞了簡歷。沒想到就要了。其實也該想到，他轉念一想，從來申請的職位都是有面試就肯定給他。

「看你就是一張誠實的臉。」這是汪彤的話。「如果靠臉吃飯，肯定是你的。一張苦大仇深，受苦受難的臉，不是你的會是誰的呢？」可是他這輩子還真沒在會下雪的地方生活過。大妹和邵峰聽了也是一愣。羅徹斯特很冷的，冬天冰天雪地，開車都是問題，邵峰說：「我剛開始來，寒暑假都在紐約打工。那個冷真是刺骨寒啊！」大妹也說：「你當初上大學都不去北方，堅持不過長江，不吃麵，清華要你都不去，忘了？」少凡說：「美國不一樣，也沒有吃米和吃麵的問題。主要是工作環境好就行，羅徹斯特理工可是全美有名的常春藤學校，等著你家寶貝長大了上大學去找我好了。」

世事難料，少凡心裡感慨，當初他是有準備一輩子在北卡這個理工學院幹下去的。英語裡有句話叫做如果沒壞就不必去修。他原本是要在這個地方結婚生活，生兒育女做常住居民。然而與它的緣分也不過如此。他的心中不免感傷起來，汪彤的影子流過。英語裡那句話怎麼說的：「To desire something is to lose it. 我們本就是在一個不存在的故事裡的無中生有的人物。（We are characters who do not exist, in a story composed by no one from nothing）」

東北部的天氣的確不同，少凡搬到這裡一段時間了。他凝視著窗外，天空顯得特別白亮，空氣裡有種清晰的冷峻。瘦子多，還是校園的緣故。總之南部的圓圓滾滾的身影少了。寒冷氣候裡的人比較堅韌吧，連帶著熱情似乎也少了許多。有幾次他們去朋友家聚會迷路了，他停在路邊等電話，路上的車一輛接一輛過，沒有人停下來打探他是否需要幫助。像那次他跟汪彤雪中開車，小卡車護送的情景一去不復返了。既來之則安之，他買了一幢二層樓的房子，過一陣媽媽去給大妹看孩子，順道來他這裡小住。純瞳倒是高興了，別看那個女朋友初戀不初戀的，不過是個影子嚇嚇人而已，老公雖然吵著要離婚，不是也沒離嗎，還買了房子。過一陣婆婆再來住，到時候跟她好好商量一下，看看婆婆能不能勸說他。

離家不遠處有一個小溪，小溪過去是一條不算繁忙的馬路。馬路對面是人家。四周的環境靜謐，綠樹庇蔭樹枝遮天蔽日把馬路都遮掩住了，好像在綠樹的拱橋底下開車。少凡每天開車總要經過這裡，避開了煩躁的高速路。曲徑通幽，開起來心曠神怡。

只是小路窄，要多開十分鐘。那他也是願意的，只為這裡的清幽和平靜。還有溪流。這一條一條的小溪像是給小路畫眉線。每天經過，他像是撥開樹蔭探望一下小溪今日眉深眉淺。開進小路大概一個街區的樣子，竟然有一個墓園。墓園一年四季都有鮮花，風和日麗，陽光明亮，風水真不錯，怪不得對面就有人家居住。經過的次數多了，他會想起靈魂的故事，也是汪彤講的，跟她的那個自己破壞處女膜的故事一樣稀奇。靈魂投胎，魂魄尋尋覓覓，未了之情未完的債都要還。因而，碰上這樣靈魂的人就要永遠如此尋覓不停，折磨不斷。少凡想他也許就是那樣的一個靈魂。解決的辦法也有，就是夜深人靜時去到那個墓園裡尋覓靈魂，找回你完整的靈魂。這是故事啊，汪彤講完總沒忘加一句那樣的結尾。所以少凡開車經過，就像又聽了一遍那樣的故事，倒也真的沒害怕過。

靈魂不知道還要不要尋回來，二層樓的家看起來還是很滿當。家當一應俱全。割草機就有兩個，一個手推，一個自動。剪草坪的家什，一大堆工具把車庫都塞滿了。樓上的走廊客廳間也按照中國人的習慣裝上乒乓球台。這個好，少凡媽媽一看到就說：「這回打乒乓都不用出門了。」又指著滿滿的車庫說：「車庫變成了大肚婆。」下面那句「要把家裡的女人也變成大肚婆才算能耐呢。」就差沒蹦出嘴。

「你這算是實現美國夢了。」老爸讚嘆道：「我們一輩子工作也沒有得到什麼回報，哪還能住這麼漂亮的房子。」少凡說：「這房子不算大，有人家還帶地下室，游泳池的呢！」少凡媽媽說：「好，等著你們生了孩子，再換個大的，帶游泳池的。」「趁我現在身體還行，趕緊生吧，我幫你們帶。」純瞳於是說：「那要看少凡的。」說著瞥了少凡一眼。少凡不吱聲，轉身走了。少凡媽媽連忙安慰道，他就是那樣的人，別理他，你先把身子養好，看你這麼瘦，生孩子不能太瘦了。純瞳點頭不再說什麼。

這不過是半年前的事情，這一次少凡春節回國過年。身旁已經沒有了任何人。什麼純瞳，非純瞳全沒了，澈澈底底的孤家寡人一個了。少凡媽媽總也是上了年紀的人，心有餘而力不足。給大妹帶孩子熬夜，沒幾天就血壓高頭疼，大妹比她還著急，邵峰說，這要是有個好歹，比照看孩子可要嚴重多了。兩老於是半年不到又回來了。

少凡媽媽回來後清靜日子剛過了沒幾天，正為了少凡過年能回來高興呢，少凡又來個離婚了。老媽血壓蹭地一下又上去了，說：「你這是作妖呢！不好好過日子，無緣無故離什麼婚？你要氣死我！」少凡不吱聲，反正離也離了，老媽願意罵就罵好了。可是老媽卻不依不饒，這是什麼事嗎？前邊還說要抱孫子呢，沒兩天，蛋沒見著，雞也飛了。好好的一個女孩憑什麼就給人家休了。從前的女朋友也是談談就談崩了，就他好！他哪裡就好成那樣？天底下找不到相配的女人了？少凡媽媽越想越氣，氣不打一處來，說：「就你這樣，這輩子打光棍吧！哪個女孩兒還願意嫁給你？」少凡一聽，道：「想嫁給我的女孩多得很，你要想要，明天就給你找來一個。」「你去找！」老太太也來蠻的了，「兩個女孩，兩個給你氣跑了。還有哪個人敢嫁給你！」少凡也動了氣，說：「不就是找個媳婦嗎？我明天就給你找來！」

等到消息傳到大妹和邵峰那裡，已經是回去參加少凡的婚禮邀請了。

「這也太快了吧？」邵峰放下電話，跟電影《阿甘正傳》裡的阿甘一樣愣愣地地看著老婆說：「才剛離婚，這又結婚。應該是『跑，阿甘快跑！』才對啊！」

「你去叫少凡跑吧！」大妹說，「看他聽你的。」上次跟少凡聊天還是回國之前，少凡說要回國散散心。大家一拍兩散了，純曈去了加州，那裡日本人多，有朋友開店，她可以入夥。反正有身分不用在中餐館打工了。離婚這事兒雖然不盡人意，也是在意料當中。大妹說：「可是這再婚也確實太快了點兒。」

邵峰說：「上次就閃婚，這次還閃婚，閃來閃去閃上癮了。」大妹說：「一個閃就夠了，你還閃，快給你閃糊塗了。」接著嘆了口氣，道：「一家子『犟人』，老媽『犟』，少凡也『犟』，少凡是除了『犟』還有點兒一根筋，最怕人拿話刺激他。」邵峰說：「才剛跳出苦海，又要入深淵了！這個又是何方聖人？七仙女還是嫦娥？」大妹說：「好像倒真姓常，是叫常姝，還是常好，反正是姐妹倆，姐姐當年嫁給本地的一個高中校長也是頗轟動一時的。那校長是二婚，但是大學生，還是名牌大學畢業的。剩下的這個是妹妹。」大妹停了一下道，「不過這次是有保證的，老鄰居，熟門熟院，絕對不會像上次那樣了。」「那這常姝還是常好漂亮嗎？關鍵是一清二白嗎？」邵峰問。大妹說：「那當然，老媽特別提的就是這一點，說人家是芳齡二十三，黃花姑娘一朵，正經八百人家的好姑娘，談戀愛這還是頭一遭呢。」「呵呵，」邵峰笑道：「真是老牛吃嫩草，越找越年輕，少凡比人家大了快十歲了。」「所以啊，」大妹說，「要大操大辦。沒聽老媽說嗎，要席開兩百桌，人家女方家裡發話了，這可是大喜事，女兒要嫁的是有識之士，還是美國博士後，婚後就去美國生活了，方圓幾百里的鄉親朋友都要請來。」邵峰撇了撇嘴，道：「那我要是少凡的話，先給嚇昏算了。」大妹不理他。邵峰想了一下，又說：「那咱們也去不了啊，怎麼辦？電匯點兒錢給他？」大妹說：「錢可能不缺，意思還是要表達的。畢竟這是少凡的大婚，老媽一輩子的願望就是看他張燈結綵喜氣洋洋地結婚。」

30

婚禮的熱鬧讓少凡感動，安慰還有些許的震驚。感動的是人山人海的熱鬧和喜慶，人生還是要有一次婚禮的，哪怕是只為婚禮而婚禮。安慰當然是媽媽。媽媽今天特別穿上了喜慶的新衣服，有紅有綠喜氣洋洋，臉上的皺紋都如桃花一夜笑春風，全開了。就為了老媽今生能有一次在獨生兒子的婚禮上笑逐顏開也不枉他孝心一片了。其實他這次回來是散心的，哪曾想話趕話就當上了新郎。都是老媽的那句話，你這輩子找不到媳婦。明天就給你找一個，姻緣一句話還真有。他當時腦子裡就閃過這個女孩兒。媽媽老早就提過鄰居老常的這個二女兒，他遠遠地也見過女孩兒的身影。決定結婚那天算是真正近距離接觸。不看不知道，一看心裡一驚。十八無醜女，這女孩兒不醜，但是離醜也不遠了，怪不得二十三了沒談過戀愛。原來是個「三心牌」——別人看見驚心，自己看見傷心，留在家裡放心。怎麼都給他遇上了。他震驚地說不出話來，眼皮像灌鉛抬不起來。想說什麼，又給媽媽的那句話壓了回去。大家只當他是害羞迂納，還一個勁兒地誇讚說，國外回來的就是不一樣，很本色。女孩子的樣貌真是他所始料不及的，他是一點感覺也沒有。可是錢鍾書當年看楊絳也是一點兒沒想到對方會成為妻子的嗎？浪漫的感覺是培養的，一見鍾情的情感有時候很靠不住，這一點他自己已經一而再，再而三地認證過了。這女孩兒清純乾淨，這就夠了。

酒席散了，喧囂殆盡了，少凡才如同酒後酩酊大醉的人終於清醒過來，也才明白過來自己幹了什麼。他不是錢鍾書，對方更不是楊絳。他仔細觀察，發現女孩子除了不好看，主要是不喜氣。以前復旦的小敏也是沒感覺，但是至少喜慶，整天樂呵呵的。再看這個常好，清湯掛麵的頭髮梳成了一條馬尾，偏偏又是往下耷拉的馬尾辮，像受盡了折磨的一匹馬。唐僧取經裡的白龍馬給妖怪捉去了也不過如此吧。再看那張臉，簡直就是晦氣啊，好像總在生氣，眼梢是耷拉的，嘴角也是耷拉的。這就要命了，他這才意識到拉了燈都一樣的那句話簡直是胡說八道。一拉燈雞皮疙瘩就出來了。常好，你可真要藏好啊。立櫃旁的檯燈彷彿武士，他從門外進來，走近檯燈的一瞬間，空氣似乎凝固了，他能感覺到季節的清冷，鼻息裡聞得到冰凍的味道。他的心凝固了。他不愛她！不想愛也不準備愛。彷彿拿鑰匙開門，摸來摸去又是一把錯的。真是令人絕望又難以置信，口袋裡不過就一把鑰匙圈，上面兩個鑰匙，就算撞大運，也不可能一摸再摸總摸錯吧，那百分之五十的正確概率到哪裡去了？

少凡媽媽卻是高興的，不管怎麼說，這婚事是辦完了，多少年的老鄰居老朋友都來道賀過了。大操大辦就是為了這難得的喜慶和熱鬧。熱鬧過後小倆口就該過日子了，一年半載的不怕她抱不上孫子，孫女也行，這年頭女孩更好，她要是有個女兒，而不是兒子哪裡用得著操這麼多的心。不過呢，結尾好一切好，常好這名字就已經預示了，以後就是一切如常，好下去。少凡娶了媳婦，她就完成任務了，四方親戚朋友的賀禮都收回來了，她這麼多年的人情也算沒白搭，眼前的慶典禮物成堆如山，花花綠綠方方圓圓，彷彿歲月在她眼前流過。多少個日日月月才換得今天的大喜日子。她用手擦去眼角的淚水。

幾天後，少凡又回美國了。日出而耕日落而歸，少凡如今才理解到什麼是有家難歸無家可歸。他這個家諾大的房子，就他一個人，他也不準備讓常好來，卻又不能跟她說，更不能跟老媽說，除非他想要老媽的命。那麼就只剩下一條路了，拖吧。不是有不少的故事是這樣的嗎？留守女士天長地久，不想守了，出軌或者放棄。哎，那他就解放了。歡呼萬歲，是你不要我的。這樣也不會傷害她，老媽也不會怨他。那就是再理想不過的結局了。

可是偏偏常好整天想得都是好的，就想著怎麼快點來美國跟少凡團聚。所以三天兩頭電話，電郵像雪片啊，說得都是老公我想你，你要幫我快點辦來。少凡接電話都接怕了，答錄機放上，恨不得說某人已經消失，電話公司倒閉，美國倒閉。少凡嘆一口氣，怪事兒都讓他碰上了。你愛的人不愛你，愛你的人你不愛。整天跟你說愛啊想啊的人是你最不想聽到的人。你愛啊想啊的人卻從來不跟你說，權當你從地球上消失了。他的心裡哪個地方一痛，汪彤的影子流過。他現在連想她都不敢想了。他如今不但結了婚還結了兩次，不但離了婚，還有一個像汽車後備胎一樣等著留用，只待時機一到派上用場。他這名譽上的已婚男人，實際上的王老五，比王老五還不如。至少王老五還可以明目張膽四處找尋愛情。他這簡直就是守活寡的王老五。

這樣的王老五，學校裡還真有一個。谷德拜跟少凡一個實驗室，人很隨和，長得很像比利・克里斯托，也跟比利・克里斯托一樣整天笑瞇瞇的。性情那更是不用說，什麼人都愛跟這谷德拜聊天，他就嘻嘻地笑著談。谷德拜的傷心事情也夠嚇人，就是家裡有個母老虎。美國人毛病花樣多，這太太有妄想狂，整日都覺得谷德拜在外面有人，笑面虎對誰都好，就是對我不好，所以訴訟要求離婚。谷德拜遷就勸說都沒用，某一日回家，老婆大人的槍口就對上來了，說，你敢進！就開槍。谷德拜只好開步向後轉。無家可歸第一步，然後是女兒爭奪戰。伴媽如伴虎啊，谷德拜四處奔走，要女兒的撫養權。可是老婆大人上得庭堂，法庭上精神抖擻，思維俐落，幹練淑女一名，哪裡看得出毛病，又查無證據。就像老婆對谷德拜的花心指控一樣死無對證。法庭公允，當然把女兒判給女方。如今的谷德拜每天來上班就是吐苦水。少凡聽了就感慨，知音一樣同情再同情。少凡說：「我媽媽就姓谷，中國人講究緣分，說不上五百年前咱們是一家。」

套句名言，作王老五難，作假王老五更難。少凡每日影子一樣上班，又影子一樣回到他那個空蕩蕩的家。心裡難過，還要假裝好過，還要預備好甜言蜜語準備應付每日來自大洋彼岸的電詢問候。日子苦不堪言。谷德拜就：「上網啊，上網交友。我的女朋友就是網上找到的。這個女友對我是真好，她的前夫也是瘋子神經病，所以我們很理解彼此。一拍即合。她的女兒也待我如父，我也只有這樣聊以慰藉了。」少凡想想，天無絕人之處，人山網海，獨立自主，自力更生，真是個絕好的辦法。他像一條魚滑入網海，交友網站上貼個簡歷就開張了。

31

汪彤從俄克拉荷馬回來，心思卻像長了翅膀的風箏拉也拉不回來。眉頭也像加了彈簧情不自禁地收起來。什麼人說的女人心思就在眉心一點，多多少少。至於眉毛開頭幾根能看出性生活多少。那就是題外的八卦。

這天上班，樓道裡丹尼老遠一見到汪彤，就大聲招呼著：「微笑啊。」汪彤強打起精神笑了笑，跟他「嗨」了一聲，心想自己真是個玻璃人，有什麼心思都掛在臉上一清二楚。連茱莉都說，別老皺眉頭了，什麼事值得那麼愁。

汪彤愁的事情自己也說不清，怪不得少凡說好好的女孩一結婚怎麼就變了，變得有氣無力，無精打采，就像他的那個表妹，每次電話上，一句：「哦，少凡啊。」就完了，不像從前，每次打電話都是熱情洋溢，話像開了閘的水龍頭，講也講不完。奇怪嗎？汪彤想，她如今別說講電話，電話都懶得拿起來了。這了無生氣的婚姻如何能讓人提得起精神？還是生活本來就跟想像無關，而她又太善於想像了？她倒有些佩服那個查理斯王子了，全世界都認為卡蜜拉沒有黛安娜漂亮，也不影響他的我行我素。倒真是不在乎地位、外表、年齡的真愛。就可惜，總有人受傷害，甚至還搭進了性命。

汪彤也不想傷害愛德華，可是自心叩問，真的願意跟他過一輩子嗎？答案卻又是否定的。雪雁聽了，就說：「為什麼不能跟他過一輩子？」「不愛啊。」汪彤答。雪雁說：「你要多看人家的好處，多想人家的好處。」這些汪彤都明白，可是做不到，就像不能強迫別人愛你一樣，也不能強迫自己愛別人。這話她已經跟愛德華講過一百次了，愛德華都聽膩了，只當她是情緒來了的發洩管道，說說就好了。可是好不了，汪彤每每想到眉頭就擰在一起。眉頭收縮，手也收縮，手上的戒指也跟著往下出溜，戒指滴溜溜掉到了洗手間的地上。金屬落到馬賽克地上的聲音清脆得讓人心跳。她盯著那戒指，這難道是什麼預兆？

這天中午她去牙醫那裡例行檢查，出了診所，陽光白亮，小鳥在樹梢上飛，嘰嘰喳喳。春天已經悄悄來臨了，她竟然才注意到，小鳥跳到枝頭一顫一顫像打秋千。她想起和少凡在一起的時光，去公園玩，她要在枕木上走，兩隻胳膊伸著，晃晃悠悠要掉下來的樣子。少凡就笑，手還是伸著要接她。原來那就是放鬆，就像坐在沙發上等著吃他切好的水果，在他的懷抱裡輕易地入睡一樣。如果一輩子就那樣過會是什麼樣呢？她想的入神，前面就是路口，她需要左轉。直線車一串在等紅燈，堵在路口的車自動讓出了一個出口。汪彤開了過去。下一秒鐘，只聽「碰」的一聲，她的車筆直轉了一個九十度的彎，又被衝力撞到路邊商店的門口。車頭倒是朝著想去的方向了，前面一顆大樹擋住了車頭。撞車的女人從車裡走出來，捂著嘴巴，比汪彤還驚嚇。「根本沒想到停著的一串車裡突然闖出來一輛車！」女人說。汪彤點頭，是自己的錯，她整個忘了要看直線上的車。「奇怪啊，」過路的老美說：「這麼大的震動，安全氣囊倒沒有打開。」對方車撞到汪彤的車右門，右門癟了進去。汪彤這輛尼桑探索也算是新車，高頭大馬，所以只是車門癟了，人沒事兒。

汪彤明白再這樣下去就不止是撞車了，她跟愛德華說：「要不我們分開一陣吧。」她心裡知道此一去將會是一去不復返。但是試著分開至少可以給愛德華一個緩衝機會。不會像鑄鐵一下子斷裂分開那麼強烈。汪彤找好了房子，就在離愛德華不遠的一個公寓，旁邊有湖，離上班的地方也不遠，高速上十分鐘不到。公寓是一室一廳，站在空空蕩蕩的客廳裡，汪彤心裡一陣落寂，想起兩個人先前還一起去找房子。

愛德華老早就打算買房子，小卡車都買好了，紅色的豐田小卡車漆皮錚亮。有個新房子，草坪前停上輛紅色的小卡車，再生兩個孩子，這個家就齊全了，是個完美的中產小家庭了。他們看房子，一個一個看下來。房價是真好，一個接近三千公尺的獨門獨戶紅磚二層樓只要十五萬多一點兒。愛德華躍躍欲試，恨不得馬上就定下來。可是再看汪彤的眼神，都是飄忽的，也就知道沒什麼戲了。「我知道，」愛德華嘀咕道：「你是不想讓事情太複雜。」汪彤不吱聲。現如今，可不就是應了他的預感。

愛德華說：「你想要什麼就拿好了。」汪彤什麼也不想拿，把那個多餘的床鋪給我就好了。這個多餘的床鋪一直放在哈里和簡妮那裡。愛德華打電話去告知，就不得不解釋。哈里一聽，心往下沉，他做牧師，給人證婚還從來沒出過問題，難道自己的兒子要破這個例嗎？他想跟汪彤說，愛德華什麼樣，他還不知道。婚姻很多時候要靠雙方的努力。打開電腦，哈里就看到汪彤的網名在跳動，點擊即時通話窗口，他想跟她說幾句話。可是汪彤一看哈里的名字出現，就逃也是的趕緊下線了。她知道哈里想說什麼，她不想給他說動，唯一的辦法是逃避。

傢俱店裡，愛德華陪著汪彤一起買沙發，汪彤除了一套舊衣櫥帶著走了，其他都留給了愛德華。兩個人站在傢俱店裡不像是要分手的人，倒像是準備給新家填東西的一對新人。汪彤看中一套皮沙發，黑色，皮質也好，正好可以放在她的客廳裡。愛德華說：「現在你要買了。」原來他一直想要買一套好的傢俱，汪彤總認為沒必要。現在她自己單獨過了，就要過得像模像樣了。不過到底會打理，從愛德華那裡帶出來的唯一的一個舊衣服壁櫥也給她擦試一新。連愛德華看了都要驚奇。這壁櫥有年頭了，還是上大學時老哈里買的。愛德華都準備扔了，沒想到給她這樣一打理，竟然有點兒古董的味道。電腦也是舊的，愛德華自己裝的。現在一應俱全，就算是一個家了。

如今愛德華每次來看她倒像是來拜訪的朋友，一次汪彤讓他來看電腦，又一次讓他來取烤爐。那個紅色的烤爐是哈里送給他們的結婚禮物。後來哈里又專門送給他們一個燒烤爐。汪彤不會烤肉，也沒興趣，就對愛德華說：「你留著吧。」紅色烤爐她倒是帶著走了，發現也用處不大，她一個人哪裡會用得著。下次愛德華來，就又讓他帶回去了。愛德華每每要提到去教堂，「爸爸媽媽會很高興看到你的。」汪彤只管搖頭，她已經做出決定，又何必再去讓老人空歡喜再失望。她坐在電腦前，眼前的照片還是上次跟著愛德華去舊金山照的。那次愛德華公司招待員工連帶家屬一起到加州總部開會加旅遊。汪彤這是第二次來舊金山，上一次是跟研究生院的同學一起來開會，去伯克利聽演講。這次不同啊，愛德華的公司開派對，美國人講究穿著。平時休閒，晚會上絕對是正裝打扮。中國人正相反，平常打扮得出奇，晚會上反倒沒什麼特別的裝束。汪彤就說要去買衣服。挑來挑去，看中了一套天藍色的套裝。這是上班服，愛德華說像這種晚會一類的最好是晚禮服。汪彤最喜歡天藍色，而且是一套，簡直漂亮極了。美國人就是拘泥，汪彤說：「分得那麼清楚幹嘛，自己穿著喜歡最重要。」愛德華沒辦法，只好笑笑，隨她了。等到晚會上，汪彤才發現女人們各各是香肩美鬢，大露背裝，只有她像是來開議會的，捂得像個粽子似的嚴嚴實實。「下次要聽我的吧！」愛德華笑道。美國人的大手筆也讓她見識到了，開個會還要把所有的員工從全美各地飛過來。住的是舊金山中心的賓館大套間。再看晚宴上，一道一道的菜像法國大餐，連前菜都很獨特，新鮮蝦捲粉嫩晶瑩。燈紅酒綠，連老美太太都說：「我不習慣這樣的場合。」不習慣和不喜歡是兩碼事兒。汪彤也不習慣，自己每天見到的人一隻手數得過來，不像這宴會，你來我往，跟他聊過了跟你聊，都不記得剛才聊天的人姓甚名誰。一回生二回熟，後來再參加酒會她就明白了，專門從「維多利亞祕密」網頁上訂購了長裙晚禮服。現在這個大露背裝的照片還在，手裡拿著紅酒杯，儼然一副很上道的樣子了。

32

現在她一個人靠在床上，一個人吃飽全家不餓。吃完就歪在床上拿一本書翻著。錄音機裡磁片飛轉〈Dancing Queen〉的歌聲縈繞：「You can dance; you can live, having the time of your life.」舞吧，生活吧，享受屬於你的時空。歌詞彷彿就是寫給她的。場景移動，Belk的大門口，燈光像白晝一樣亮，樂曲像白晝裡的小星星，一閃一閃地往她的心上鑽。「你喜歡嗎？」少凡問。「太好聽了，這是什麼曲子？」她的眼裡閃著光。「我們去問。」少凡拉著她的手去問櫃檯後面的售貨員。「ABBA，世界經典啊！」售貨員說著，還跟著扭動腰身，「舞吧，生活吧，享受屬於你的時空吧！」下一分鐘她的手裡已經握著CD唱片了。

現在她試著用手握住磁片，少凡的手掌也是這樣的大小，他那天遞給她的時候也是這樣的手勢。這是那一年他給她的聖誕禮物。窗外的蟲鳴聲一起一伏，只是一兩聲，像鬧鐘的弦，鬧著鬧著突然給人割斷了，提醒她深夜了。一點一滴的雨聲打在玻璃上，劈劈啪啪。夜色像一條大棉被把她包容起來。世界上的喧囂像是給蒙上了一層消音器。她想起少凡就是那個會割斷鬧鐘的人。週末的早上，鬧鐘像上課鈴一樣地脆響，聲聲醉耳，躺在床上的他卻我自巍然不動。

「老天，你幹嘛把鬧鐘放那麼遠呢？」汪彤顫悠悠地從被窩裡爬起來，去床對面的立櫃前把鬧鐘按停。「放得遠，就是要起來才能按停啊！」少凡嘟囔著。「可是你又不起來。」汪彤說，「你這鬧鐘很有共產主義精神，不鬧自己，專鬧別人。」汪彤每次起來都要抱怨幾句，可是下次還是照舊，少凡樂的看她起床，在廚房裡細細簌簌忙早餐。然後香味撲鼻了，然後肚子咕咕叫了，他終於動起來，渾身軟塌塌像床老棉被，捂著肚皮說：「哎，實在餓得受不了了。」他像老鼠一樣摸到廚房，再從後面把她抱住。週末這一天的生活就算是開始了。吃過這個早中飯，兩個人攜手去市場買菜、逛街。要出門了，少凡換上洗乾淨的T恤衫，小孩一樣歡天喜地，剛才那大蟲子一樣賴床的模樣便一掃而光了。

這些瑣瑣碎碎像電影鏡頭一樣的片段令她想得出神。這一天，汪彤又坐在辦公桌前出神。茱莉伸手在她眼前晃動著說：「想什麼呢？」茱莉的指甲塗的跟杜鵑吐血一樣猩紅，手腕上的手環金光閃閃，在她的臂腕上來回出溜打滑梯。茱莉習慣性地一邊往上擼著，一邊說：「彤，你不就是想找男朋友嗎？上網啊。別害怕，只要在公眾場合見面，不會有問題的。」茱莉說著，伸手拉著胸前的項鍊叮鈴鈴響，說：「如果需要的話，我可以跟你去。比如書店吧，我就拿本書看，你呢，就跟他們見面，聊到啥時候都不要緊，反正我會在旁邊盯著。」

汪彤笑道：「怎麼弄得像保密局似的，有這麼危險，還是算了吧。」茱莉搖頭：「不危險。我要是像你這個年紀，早去試試這個網戀了。這麼多人任你挑，還不夠刺激啊！哪像我們年輕那會兒，就是有數那麼幾個人，是不是都沒什麼挑的。就像獨家小賣部，愛買不買，反正沒競爭。」她說著，用手指擺弄一下已經是整齊得能上鏡頭的髮型。

老處女說的就是她這樣的人嗎？汪彤心想，茱莉別說沒結過婚，男朋友好像都沒談過。中意的人倒是有過，就是隔壁的尼克。愛情真邪門，茱莉怎麼會看上尼克。尼克是誰？就是全樓道裡的人一提起來就像媽媽威脅難纏小孩嚇唬時候說出的話，別哭了，再哭後山的老貓來了。老貓都比尼克令人待見。尼克是人見人躲。跟他一個辦公室的瑪麗莎說：「跟尼克在一起整天像看肥皂劇，比肥皂劇還精彩。上班跑步，跑回來一身汗，空調開得辦公室像到了北極，倒是很有主人翁精神，愛室如家，如果加個洗手間，可以直接沐浴更衣了。」瑪麗莎說：「你看他跑回來，臭汗淋漓，光換衣服有什麼用，難道能把味道換掉？」茱莉眨著大眼睛說：「可是他很聰明。」

「是聰明，」瑪麗莎應和道，「尼克說了，他跑步的時候也是在工作，因為在考慮與工作有關的事情。大腕都是這樣的，尼克還說，這叫日理萬機，沒看總統了，蘋果的總裁啊，都是一邊散步一邊討論工作；這才有效率。」茱莉臉上早是兩團紅暈像火燒雲。

頭頂一陣轟隆，隱約傳來電梯的叮鈴響。樓道遠，電梯聲還能聽得一清二楚。茱莉說：「這樓是老房子，以前是醫院，婦產科醫院。尼克說過，他就是在這幢樓裡出生的。」茱莉手掩了嘴巴道：「他還講這裡面鬧過鬼，半夜三更還能聽到電梯上上下下，還有小孩的哭聲。」「哎呀，你別嚇人了好不好。」瑪麗莎叫道，「把你的故事留到萬聖節再講吧。」

上網，網戀。汪彤試著把自己用兩百字描述一番，發現還真不容易。她只好照著別人的簡介，再七湊八湊一番，算是把自己的簡介打理好了。一按鍵，她也跟千千萬萬的人一樣，成了芸芸網海上待價而沽的一尾魚，一尾隱秘的無名小魚。其實這網上的所有人都很神祕，都是化名潛入。汪彤想起瑪麗莎的話，尼克也在網上，就是不知道代號是啥，說不上你跟他碰上才好玩。汪彤就心裡一跳，每天上網前先祈禱，千萬別碰上他。不過美國人還好，比較大方，大都會放上一幅照片。這照片也是象徵性的多。瑪麗莎道：「說自己嬌小是矮矬的代名詞；說自己是運動員則是運動多能吃。」這也是尼克的話，說有一次跟一個女的見面吃飯：「好傢伙，幾道菜上來都風捲殘雲一掃而光。」

「我運動的。」女的說，「見你之前剛跑過步。」

「真能吃啊！」尼克辦公室裡發牢騷，「這樣的婆娘誰養得起？」提姆就說，茱莉吃的少，貓一樣，你那一餐夠她一個星期的了。說完了自己呵呵笑。尼克尷尬著，不吱聲，走了。

汪彤在網頁上摸索，看過來看過去，亞洲人很少，中國人就更少。大都是老美，看來自己想不嫁老美都不行啊。她試著點擊幾個，當然是有照片的，先看順眼了，才敢跟人家聯繫。這第一個人，個頭高高，看起來也很斯文。兩個人約好在書店見面。咖啡間坐下，此人開講，講的全是他的前妻，一場約會下來，汪彤對這個從未見面的女人瞭解得都可以寫一本傳記了。自己都不知道啥時候成了採訪人。採訪人聽了一溜帶八招，卻連一杯咖啡都沒喝到。下一個是個建築公司的老闆。人到中年，開著一輛迷你保時捷紅跑車。咖啡先就奉上，然後是開講，講來講去汪彤聽了半天，走神了二個小時。老闆魁梧，面孔黝黑。「什麼時候我帶你去我的公司看看，」他說，「下次我給你打電話。」汪彤點頭，咖啡店門口跟他道別。夜幕下的燈光小星星一樣的閃爍。下一個電話大概打到了星際，再也沒聽到老闆的音訊。再下一個是個醫生。人比照片矮，也胖些。嗯，這大概就是尼克嘴裡的運動員。醫生運動員還真喜歡運動，打網球。他說，就是沒時間，下午還在加護病房裡搶救病人。每天練站功。醫生笑笑，臉上的疲憊倒像是剛從溫布頓網球賽上逃生回來。急診室裡的春秋，逼人老啊。醫生請她吃了一頓飯，飯後自然也是說下次聯繫。下次一直忙，也就忙到了爪哇國。

33

這一天，汪彤又像往常一樣登錄瀏覽網頁，一篇一篇的人名照片翻過去像FBI檔案。老作案人員，她都熟悉了。熟悉得西皮流水輕舟已過萬重山，新鮮的好奇才會停下望風景。看了半天沒望到什麼奇跡。轉身再看自己的網頁，被瀏覽過的腳印足跡也有了一串。其中一個還是東方人。她打開網頁，對方簡介寥寥幾句，跟她的一樣清冷。倒是有張照片吸引住了她。雪中松柏風景，下面標出是前一陣下大雪，院子裡拍的。不錯，竟然拍到了雪地裡瑟瑟戰慄的一隻小鳥。這之後，她上他的網頁看，他也像時鐘一樣每天到她的網頁報到。直到有一天，他貼出了一張照片，強森湖。汪彤一愣，她也有一張照片跟這個很像。她那張上面，她蹲在湖邊望著鏡頭笑，旁邊不遠處一隻大雁在瞌睡，脖子彎曲著藏到翅膀下。「強森湖，是哪裡的強森湖呢？」她好奇地打過去一串字問對方。「北卡綠堡。」對方答。「我這還有一張，」他接著又是一行字：「那張更美，還有只大雁歪脖睡覺。但是不能貼，因為有美人在上面。」然後是一個笑臉加上齜牙咧嘴。汪彤驚異地停在那裡，不知道對方是說真的還是開玩笑。

少凡也沒想到與汪彤的再相遇會是這樣的情景。他上網出擊有一段時間了，網上的中國人不多，女孩子就更少之又少。找到的幾個又嫌他年齡大。他索性把年齡也改了，澈底改頭換面，自己都快不認識自己是誰了。年齡改了，距離也加大，再搜索。汪彤的頁面便松鼠一樣跳了出來。他好奇的是這個女孩自述裡的描述，refined是個什麼詞？那意思是高雅洗練有教養，谷歌裡如是說。他於是天天來這裡轉一圈，看看能不能有幸瞧一眼這高雅洗練有教養的人兒。

接下來的事情就如長江之水一瀉千里了。少凡說：「那我來看你吧。」汪彤說：「好，你來吧。」少凡訂好了機票，風雨兼程，下星期就要見到汪彤了。

多久了，少凡心裡尋思，上次見她，還是六年前。六年前的耶誕節，他去洛麗見她，他還記得一路上他胸臆裡的飽滿，像有什麼激蕩著，又像什麼也沒有的空曠著。他抑制不住那種渴望，像初戀。什麼叫像初戀？本來就是初戀。他自認是瞭解她的，她那脾性，說的文雅些叫藝術家的性格，說的通俗些叫作。所以他能夠原諒，就像原諒自己的行為一樣。

現在，那種感覺又出來了，有些興奮，有些坐立不安，有些難以置信，有些感慨，更多的還是無名的興奮。

羅利達拉姆國際機場裡，少凡凝思佇立著，重回舊地。自從上次離開這裡，他在北地生活竟然不知不覺六年多了，他的心裡一絲激動，眼睛竟然有些潮氣湧上來了。遠遠地他就看到等在路中心小島上汪彤的身影，鳥一樣正伸長了脖子在四處張望。少凡拎起行李，擦一下眼睛走了上去。

汪彤也看到了他。拉著行李的少凡還是他熟悉的樣子。

「等你好久了，」汪彤迎上去道，「我先在那邊的候機室等，沒有，又到這邊來。」汪彤用手指著不遠處的候機室。「那邊嗎？」少凡說，「本來是在那邊，最後一刻出口又改了，害得我也找了半天。」少凡的臉上一絲靦腆的笑，風一樣掠過，眼睛卻是迴避著只看腳下的行李。行李箱在水泥地上發出一陣咕嚕嚕的聲音，壓住了遠處的車輛汽笛聲，白雲在遠天上漂浮著白亮。

「還是你來做主人翁吧。」汪彤說，指著駕駛座位。少凡一向喜歡開車她是知道的，而她只有萬不得已才會跳上駕駛座。少凡坐上司機的位置，說：「不錯，高頭大馬，越野車吧，坐這樣的車，視野開闊啊。」語氣裡彷彿更多是禮貌性讚揚。汪彤笑。心想你沒看到我撞車的時候，還不是玩具一樣一下子給撞到馬路邊。

34

又趕上耶誕節了，路邊的松樹上都給人掛上了彩飾。六年前的耶誕節，那家旅館客廳裡的聖誕樹上也是這樣一樹的彩燈閃爍迷離。少凡靜靜地開車，汪彤靜靜地看。誰都像有很多話說，誰又都沒覺得有一定要說話的必要。車進了她住的社區公寓。進到屋裡，少凡整理東西。汪彤說：「我給你倒杯水喝吧。」說著走過去拿杯子。少凡從後面抱住她，說：「不急。」又撫著她的腰身道：「身材還是那麼好。」汪彤笑了，有些靦腆，說：「你也沒變啊。」少凡拉她在沙發上坐下來說：「那個孩子你到底要了沒有？」汪彤搖頭。「我以為你一定會要呢！」少凡說，臉上一絲尷尬一絲惋惜，「如果那樣我就可以跟你過了。」汪彤愣了一下，哪裡一陣刺痛，心想是你不要的啊。嘴上還是沒說什麼。少凡見她不吱聲，就又說道：「現在這個真是一點兒情感都沒有。但是明媒正娶啊，不敢輕易下休書。」汪彤說：「那你離婚後為什麼不來找我。」說完了，自己也覺得好笑，算是跟剛才他的那句無厘頭問話打了個平手。

少凡從行李中掏出一個盒子說：「這個是送你的。」他打開來，遞給汪彤。原來是中文軟體。「還有這個，」他又從行李廂裡變戲法一樣拿出一個重重的瓶子。「這個可以防頭皮屑。」他說。汪彤擎著手裡厚重的海飛絲髮乳，畫上的女子頭髮真的像波浪一樣在海上漂。她從前因為愛用少凡的梳子，少凡頭皮屑多，汪彤也跟著多，少凡就認為是用了他的梳子的緣故。「不要再用我的梳子了，看，都傳染上了。」汪彤倒不覺得是傳染，但也搞不清楚怎麼回事兒。海飛絲她用過的，也沒覺得特別有效。她握著洗髮乳瓶子盯了半天最後把它放到了洗澡間的檯面上。

「這個中文軟體是最新產品。」少凡擎著軟體盒跟她說：「可以用語音輸入，你也省著打字累胳膊累手指了。」汪彤說好，「那你先試試吧。」「還是你來試。」少凡把喇叭遞給她，「你先說，就把你的聲音先記存了。」剩下的時間裡，少凡像個裝修工對著軟體全心全意苦幹加巧幹，裝好，卸下，重新再裝。上上下下幾個來回。汪彤看著他忙，又不知道如何讓他停下。桌上型電腦裝完了，他又往自己的手提電腦上裝。看看是不是機子的問題，少凡說：「你的好像不運作。」「是儲存量不夠大嗎？」汪彤問。想起來上次愛德華來的時候從電腦裡取出了一個儲存卡。反正是他組裝的機器，他拿他取隨便。

終於裝好了，汪彤說去看個電影放鬆放鬆吧。少凡答應好。「你可能不會喜歡啊。」汪彤提醒道，聽說是有關吳爾芙的，都是婆婆媽媽的女人事。「不要緊，你看好了，你覺得好看就行了」少凡說。電影很意識流，三個女人在三個時代裡穿梭，汪彤只知道她們都糾結，卻又不完全確切糾結在哪裡。影院裡本來就沒什麼人，旁邊的少凡更是早就睡著了，不知道是真無聊，還是乘飛機累，竟然發出了微微的打鼾聲。她望著他靠在座位上的腦袋，在胸前耷拉著，像一尊彎曲的雕像。

電影看完了，兩個人走出來找地方吃飯。正好附近就有一家越南餐館，兩個人便走了進去。汪彤還是第一次來這裡。越南店裡有什麼好吃的呢？汪彤嘀咕。「越南米粉、炸春捲都可以啊，」少凡說，「還有炒麵。這就是我們的聖誕大餐了。」少凡希里呼嚕倒是把炒麵都吃了。汪彤看著眼前那一盤子的炒麵坨成小山，想起從前兩個人為了吃北京烤鴨，滿城的餐館都跑遍了去找。彷彿有誰規定了時間，她有些懷念以前的從容，好像不止是從容，那些親密的淡定和無憂無慮也像影子一樣飄忽不定了。

晚飯回來，一進門就聽到電話鈴聲山響，聲音刺耳。汪彤嘀咕著，誰這麼晚打電話。心想真也奇了，她平常這裡一天到晚靜得像山谷，這時候半夜三更卻有人打電話。待她慢慢騰騰走到電話機前，鈴聲也停了。少凡卻像沒聽到一樣不看她。

他們做愛。她的高潮臨近了，她卻希翼著柔軟的嘴唇。少凡就說：「妳變了。」待她高潮起伏跌宕的時候，他安撫著她，道：「妳這算是夠強烈的了。」汪彤按下心裡要說的話，「你這是跟誰比呢？」夜晚少凡的呼嚕聲卻像起床號的喇叭聲一樣響起來。汪彤翻來覆去睡不著。少凡連忙說：「那我去廳裡睡吧。」「不要緊，過一會就適應了。」汪彤答。好奇從前怎麼睡的，從來沒覺得他呼嚕聲如此驚天地泣鬼神，氣吞山河。少凡笑說：

「現在有賣一種夾子，往鼻子上一夾，就沒聲音了。」「那是什麼意思？」汪彤說，「鼻子夾住，用嘴巴呼吸，都成青蛙了。」

三天轉瞬就過去了。他們像兩個盒子，積滿了久蓄的能量，溢滿得要流出來，需要一種爆發，一個出口。可是兩個盒子卻打不開，摔不破。無法自行釋放，也不能相互釋放。然後盒子擦肩而過，稍縱即逝了，轉眼間又分離了。一切一如既往。彷彿他們從來沒再見過，彷彿雲朵轉瞬變幻了。

少凡回去了。馬上又是新年，汪彤打電話，說這次她去看他吧。心裡流過哪個電影裡的一句臺詞：讓我今年再見你一面吧，隔天就是明年，好像真的是一年不見了。

電話裡是一片沉寂，山野一樣空茫。沉寂過後，少凡終於說：「四川老家的她還會打電話來，你聽到了又要不高興。」汪彤不吱聲，彷彿車輪回轉，又轉回了同樣的地方，同樣的情景，連話語都是一樣的，只不過是不同的人而已。少凡見她不吱聲，問道：「那個軟體你試了沒有？怎麼樣？」汪彤嘀咕著不置可否。少凡說：「要不把我的手提電腦給你吧，你的那個太慢了。」汪彤說：「那怎麼行？」她的這句話一出，像是摩西出埃及手指一揮畫出了一道河。他也聽到了兩個人之間的河水滔滔。少凡不吭氣了。電話像疲軟的盒子上被踩了一腳，癟了下去。

又是金秋，金秋八月是書裡的句子。窗口的紫荊花樹，花開花落又是幾載了。汪彤靠在床上，為昨晚的夢稀奇。夢境有些像《綠野仙蹤》，沿著黃色的路前進。歌聲也是那個主題曲調*Follow the Yellow Brick Road*。黃色的磚路通向一座新房子。四合院那樣的院落，灰磚灰瓦，而且他們這幢最新。後窗看得到開闢過的後院，很大的院落。灰色的大房子裡，少凡的母親在忙活，洗洗擦擦，一個五六歲大的小女孩圍在旁邊轉悠。少凡和她坐在椅子上。少凡說，吃了飯就要回去。她不吱聲。他便擁緊了她，笑著說：「你看，我跟她們都結過婚了，只有你，是我永遠的女朋友。」

汪彤愣愣地靠在床頭，這夢境許久還沉浸在她腦海裡。夢裡的水龍頭流水聲都那麼清晰真切，還有門外小販的叫賣聲，「賣——豆——腐——啦」。小女孩嬌小的眉眼很像她。他說要回去了，也不知道是哪個家。夢境裡的吻卻是軟軟的。他那樣仔細地吻著，嘴唇柔軟如糯。這樣的夢境出現過幾次，後來的卻都沒有了那樣的說話，只剩下動作。大都是拉著手，凝思凝望，倒真像現實裡從前的他們。

釀小說52　PG1210

金秋
——凌珊原創小說

作　　者　凌　珊
主　　編　蔡登山
責任編輯　黃大奎
圖文排版　高玉菁、周妤靜
封面設計　王嵩賀

出版策劃　釀出版
製作發行　秀威資訊科技股份有限公司
114 台北市內湖區瑞光路76巷65號1樓
電話：+886-2-2796-3638　傳真：+886-2-2796-1377
服務信箱：service@showwe.com.tw
http://www.showwe.com.tw
郵政劃撥　19563868　戶名：秀威資訊科技股份有限公司
展售門市　國家書店【松江門市】
104 台北市中山區松江路209號1樓
電話：+886-2-2518-0207　傳真：+886-2-2518-0778
網路訂購　秀威網路書店：http://www.bodbooks.com.tw
國家網路書店：http://www.govbooks.com.tw
法律顧問　毛國樑　律師
總 經 銷　聯合發行股份有限公司
231新北市新店區寶橋路235巷6弄6號4F
電話：+886-2-2917-8022　傳真：+886-2-2915-6275

出版日期　2014年12月　BOD一版
定　　價　250元

Printed in Taiwan

國家圖書館出版品預行編目

金秋：凌珊原創小說 / 凌珊著. -- 一版. -- 臺北市：醸出版, 2014.12

面；　公分. -- (醸小說；PG1210)

BOD版

ISBN 978-986-5696-48-1 (平裝)

857.7　　　　103019729

讀者回函卡

感謝您購買本書，為提升服務品質，請填妥以下資料，將讀者回函卡直接寄回或傳真本公司，收到您的寶貴意見後，我們會收藏記錄及檢討，謝謝！

如您需要了解本公司最新出版書目、購書優惠或企劃活動，歡迎您上網查詢或下載相關資料：http:// www.showwe.com.tw

您購買的書名：______________________________

出生日期：________年________月________日

學歷：□高中（含）以下　□大專　□研究所（含）以上

職業：□製造業　□金融業　□資訊業　□軍警　□傳播業　□自由業

□服務業　□公務員　□教職　□學生　□家管　□其它____

購書地點：□網路書店　□實體書店　□書展　□郵購　□贈閱　□其他

您從何得知本書的消息？

□網路書店　□實體書店　□網路搜尋　□電子報　□書訊　□雜誌

□傳播媒體　□親友推薦　□網站推薦　□部落格　□其他________

您對本書的評價：（請填代號　1.非常滿意　2.滿意　3.尚可　4.再改進）

封面設計____　版面編排____　內容____　文／譯筆____　價格____

讀完書後您覺得：

□很有收穫　□有收穫　□收穫不多　□沒收穫

對我們的建議：______________________________

____

____

____

請貼
郵票

11466
台北市內湖區瑞光路 76 巷 65 號 1 樓
秀威資訊科技股份有限公司 收
BOD 數位出版事業部

....

（請沿線對折寄回，謝謝！）

姓　　名：＿＿＿＿＿＿＿＿　年齡：＿＿＿＿　性別：□女　□男

郵遞區號：□□□□□

地　　址：＿＿＿＿＿＿＿＿＿＿＿＿＿＿＿＿＿＿＿＿

聯絡電話：(日)＿＿＿＿＿＿＿＿＿＿(夜)＿＿＿＿＿＿＿＿＿＿

E-mail：＿＿＿＿＿＿＿＿＿＿＿＿＿＿＿＿＿＿＿＿